11
9
12

Jochen Till

Luzifer junior
Ein teuflisch gutes Team

Alle Bände von Luzifer junior:

Jochen Till

LUZIFER junior

Ein teuflisch gutes Team

Mit Illustrationen von Raimund Frey

Band 2

Loewe

ISBN 978-3-7855-8637-2
4. Auflage 2020

Dieses Werk wurde vermittelt durch die Agentur Brauer
Illustrationen: Raimund Frey
Umschlaggestaltung: Michael Dietrich
Printed in the EU

www.luzifer-junior.de
www.loewe-verlag.de

Inhalt

»NÄCHSTER TAGESPUNKT: WIR MÜSSEN SCHON WIEDER EINE NEUE ABTEILUNG AUFMACHEN«, sagt mein Vater und verdreht genervt die Augen.

Quietschende Kreide

»Der CEO will ab sofort die Rechtschreib-Ignoranten bei uns unterbringen. Anscheinend ist er ein großer Fan der sozialen Medien, aber es nervt ihn, dass die Leute da ständig alles falsch schreiben. Neulich hat wohl sogar einer seinen Namen falsch geschrieben, da ist er total ausgerastet. Ihr wisst ja, wie er ist, wenn es um ihn geht.«

Oh ja, das wissen hier unten alle. Er heißt ja nicht umsonst Chronisch Einzigartiger Oberchef. Ihm gehört alles. Oben, unten, ganz oben, alles seins. Weil er angeblich das komplette Universum selbst und ganz allein aufgebaut hat, vor Hunderten Millionen Jahren oder so. Handfeste Beweise gibt es dafür allerdings nicht. War schließlich keiner dabei außer ihm. Ich habe da ja mittlerweile so meine Zweifel, ob das alles wirklich stimmt, was er so behauptet. In St. Fidibus hat mir unser Geschichtslehrer Herr Holzapfel nämlich etwas ganz anderes über die Entstehung des Universums erzählt. Das könnte man alles streng wissenschaftlich erklären, mit einem großen Knall, den es irgendwann mal gab. Und dann kam die Evolution, so eine Art sehr langsame Entwicklung, aus der dann der Mensch und alles Mögliche sonst noch entstanden sind. So richtig kapiert habe ich das auch nicht, aber es klang auf jeden Fall plausibler als die Geschichte unseres komischen Oberchefs hier. Den übrigens auch noch nie jemand von uns gesehen hat. Außer Papa. Und der hat wie alle anderen höllisch Schiss vor ihm.

»Eine neue Abteilung?«, fragt Onkel Gabriel mit besorgter Miene. »Das können wir uns nicht leisten, wir sind jetzt schon weit über unserem Budget. Die Kosten fressen uns auf.«

Der arme Onkel Gabriel. Wenn er nicht so langweilig wäre, könnte er einem fast schon leidtun. Er ist ständig besorgt, hat nur Zahlen und Abrechnungen im Kopf und geht Papa damit schrecklich auf die Nerven.

»Ach, du immer mit deinen blöden Kosten«, erwidert mein Vater. »So schlimm wird's schon nicht sein.«

»Wir sind am Anschlag, Luzifer«, sagt Onkel Gabriel. »Wenn wir so weitermachen, geht der Laden hier in spätestens drei Monaten komplett pleite.«

»Dann mach irgendwas dagegen«, knurrt mein Vater. »Das ist dein Job.«

»Ich kann meinen Job aber nicht machen, wenn du ständig wortwörtlich Geld verbrennst«, erwidert Onkel Gabriel. »Weißt du, was allein die Bestrafungsmaßnahmen in Abteilung 14 kosten?«

Abteilung 14? Da sitzen die Reichen Geizhälse, wenn ich mich nicht irre. In diesem Raum ist es minus dreißig Grad kalt und alle sind nackt. Um sich warm zu halten, haben sie nur einen kleinen Ofen und einen riesigen Haufen Geldscheine als Brennmittel. Klar, das ist bestimmt nicht ganz billig. Ich möchte gar nicht wissen, wie viel Schokolade ich mir dafür in der Oberwelt kaufen könnte. Aber wie soll man Geizhälse denn sonst artgerecht bestrafen?

»Nein, ich weiß nicht, was die Bestrafungsmaßnahmen in Abteilung 14 kosten«, sagt mein Vater genervt. »Und es interessiert mich auch nicht.«

»Das sollte es aber«, erwidert Onkel Gabriel. »Was glaubst du, wem der CEO die Schuld geben wird, wenn hier alles zusammenbricht? Mir ganz bestimmt nicht. DU bist hier der Chef und somit für alles verantwortlich. Und wer weiß? Vielleicht gibt es dann demnächst ja einen neuen Chef. Oder denkst du etwa, du bist unkündbar?«

»So, so«, knurrt mein Vater und seine Hörner wachsen ein ganzes Stück. »Ein neuer Chef. Und wer soll das deiner Meinung nach werden? Du vielleicht?«

»Warum nicht?«, fragt Onkel Gabriel. »Vielleicht wird es mal Zeit für jemanden, der organisatorischer und vor allem kostendeckend denkt. Ich könnte mir schon gut vorstellen, dass das dem CEO gefallen würde.«

»Ach ja?«, sagt mein Vater, und seine Hörner werden noch länger. »Weißt du, was ich mir gut vorstellen könnte? Ich könnte mir gut vorstellen, DASS ICH DIR GLEICH DEN KOPF ABREISSE UND STATTDESSEN CERBERUS AUF DEINEN HALS STECKE! WEIL NÄMLICH JEDER HALBWEGS INTELLIGENTE HÖLLENHUND HIER EHER CHEF WIRD ALS DU! DEIN EWIGES GENÖRGEL NERVT SELBST DEN ALLERDÜMMSTEN EINZELLER-DÄMON! ICH KANN

DEIN GEJAMMER NICHT MEHR ERTRAGEN! VERSCHWINDE, BEVOR ICH MICH VERGESSE!«

»Du … du wirfst mich raus?«, stammelt Onkel Gabriel fassungslos. »Das … das ist ein offizielles Team-Meeting. Ich gehöre zur Geschäftsführung. Du kannst mich nicht einfach so vor die Tür setzen.«

»UND OB ICH DAS KANN!«, brüllt mein Vater ihn an. »NOTFALLS SOGAR EIGENHÄNDIG UND MIT EINEM HUF IN DEINEM HINTERN! LOS, RAUS HIER!«

Oh, jetzt werden sogar Onkel Gabriels Hörner länger, das habe ich ja noch nie gesehen. Er schnaubt kräftig durch die Nase, packt seine Ordner zusammen, steht auf und stapft in Richtung Ausgang.

»DAS WIRST DU NOCH BEREUEN!«, schreit er und knallt die Tür so fest hinter sich zu, dass sie wieder auffliegt.

»ACH JA?«, brüllt ihm mein Vater hinterher. »UND WANN SOLL DAS SEIN? WENN DU HIER DER CHEF BIST? EHER FRIERT DIE HÖLLE ZU!«

»DAS WÄRE DANN ALSO GANZ BALD!«, brüllt Onkel Gabriel zurück. »WIR HABEN NÄMLICH KEIN GELD MEHR FÜR DIE HEIZKOSTEN!«

»AUS DEINEM MUND KOMMT GENUG HEISSE LUFT!«, erwidert mein Vater. »DAS REICHT LOCKER FÜR DIE NÄCHSTEN TAUSEND JAHRE!«

Hach, wie schön es doch ist, wieder hier unten zu sein. Ich hätte es ja nie gedacht, aber das Gebrüll meines

Vaters hat mir irgendwie gefehlt. In St. Fidibus wird überhaupt nicht gebrüllt, jedenfalls nicht richtig. Da erhebt vielleicht mal jemand leicht seine Stimme, wenn ihm irgendetwas nicht passt, aber das war's dann auch schon. Niemand kann so gut brüllen wie mein Vater. Und solange er nicht mich anbrüllt, wirkt das auf mich irgendwie beruhigend.

Mein Vater schnauft ein paarmal tief durch, seine Hörner werden wieder kleiner.

»So, zurück zum Thema«, sagt er schließlich. »Die neue Abteilung.«

»Muss es denn wirklich gleich eine neue Abteilung sein?«, fragt Fluxus zaghaft. »Ich meine, Gabriel hat nicht ganz unrecht, das Geld wird langsam wirklich knapp. Das merke ich auch.«

Fluxus ist unser Mann für die Logistik. Er besorgt alles, was wir hier unten brauchen und nicht selbst herstellen können.

»Fängst du jetzt auch noch an?«, knurrt mein Vater.

»Nein, so war das nicht gemeint!«, sagt Fluxus abwehrend. »Ich dachte nur, vielleicht könnte man diese Rechtschreib-Ignoranten ja auch in einer bereits bestehenden Abteilung mit unterbringen. Bei den Legasthenischen Tätowierern zum Beispiel. Da würden sie doch gut reinpassen. Und wir hätten keine zusätzlichen Kosten.«

Gar keine so schlechte Idee, finde ich. Die Legasthenischen Tätowierer sitzen in Abteilung 54, da war ich schon mal. Sie müssen sich selbst komplizierte Dämonen-Namen tätowieren. Auf den Rücken. So wie SRHJTZLU oder LRGJLESJHRIOS. Und wenn sie dabei einen Fehler machen, wird ihnen eine Hautschicht abgezogen, und sie müssen wieder von vorne anfangen. Diese Art der Bestrafung würde doch gut zu den Rechtschreib-Ignoranten passen.

»Das geht leider nicht«, sagt mein Vater seufzend. »Der CEO verlangt ausdrücklich eine eigene Abteilung mit einer individuellen Strafmaßnahme. Vorschläge?«

Mein Vater sieht erwartungsvoll in Richtung der drei Dämonen aus der Kreativ-Abteilung. Die drei kraulen nachdenklich ihre Kinnbärte.

»Wie wäre es, wenn wir sie eine Million Mal einen Satz an eine Tafel schreiben lassen?«, schlägt einer schließlich vor. »So was wie: Ich darf keine Rechtschreibfehler machen.«

»Genau«, meldet sich einer der anderen zu Wort. »Und vielleicht könnte die Kreide dabei ganz fies quietschen. Das mag niemand.«

»Ja«, sagt der dritte. »Und wenn sie einen Fehler machen, müssen sie ihn mit einem trockenen Schwamm wegwischen. Das ist ein sehr unangenehmes Geräusch.«

Mein Vater sieht die drei völlig entgeistert an.

»Das ist euer Vorschlag?«, fragt er. »Quietschende Kreide und ein trockener Schwamm? Was glaubt ihr denn, wo wir hier sind? In der Grundschule für weich gespülte Folterknechte? Wer hat euch denn eingestellt? Mein sparsüchtiger Bruder? Wahrscheinlich bezahlt er euch nach der Anzahl eurer Gehirnzellen.«

»Äh, nein«, widerspricht einer der Kreativ-Dämonen. »Sie haben uns eingestellt, Chef. Höchstpersönlich.«

»Ach, ich war das?«, sagt mein Vater. »Dann ist's ja gut. Dann kann ich euch nämlich auch HÖCHSTPERSÖNLICH FEUERN! UND ZWAR SOFORT!«

Er schnippt mit dem Finger, drei gelbe Rauchwolken zischen auf, und im nächsten Moment liegen drei jämmerlich quiekende Stücke Kreide auf den Stühlen, auf denen eben noch die Dämonen gesessen haben. Mein Vater schnappt sich die drei Kreidestücke, zermalmt sie in seiner Faust und reibt sich den Staub unter die Achseln.

»So viel dazu«, erklärt er. »Hat jetzt vielleicht jemand einen *guten* Vorschlag für die Bestrafung der Rechtschreib-Ignoranten?«

Die meisten Anwesenden sehen ihn ehrfürchtig oder ängstlich an, einige schauen demonstrativ an die Decke – niemand traut sich, etwas zu sagen.

»Ich hätte da vielleicht eine Idee«, sage ich schließlich nach einer Weile.

»Na, wenigstens einer, der sich nicht fürchtet«, knurrt mein Vater. »Aber dir ist hoffentlich klar, dass ich dich auch in irgendetwas verwandle und vielleicht zerquetsche, wenn die Idee nicht gut ist. Es soll mir niemand nachsagen, ich würde dich schonen, weil du mein Sohn bist.«

Das war mir klar, ich habe nichts anderes erwartet. Es wäre auch nicht das erste Mal. Ich erinnere mich zum Beispiel noch genau daran, wie er mich mit fünf Jahren in einen Luftballon verwandelt und mich dann hat platzen lassen – das klingt lustiger, als es tatsächlich war.

»Also«, fange ich an. »Wir könnten die Rechtschreib-Ignoranten an alte dämonische Schreibmaschinen setzen und ihnen ein besonders schweres Buch diktieren. Bei mir in der Schule gibt es eins, das heißt Duden, und da stehen ganz schwierige Wörter drin. So was wie Chrysantheme oder Kernspintomografie oder Stracciatella.«

»Ich kenne das Buch«, sagt mein Vater. »Der Typ, der es geschrieben hat, heißt Konrad. Er saß mal ganz kurz bei uns in Abteilung 78 bei den Unverbesserlichen Pedanten, bis der CEO ihn zu sich hochgeholt hat. Besonders teuflisch finde ich diese Idee bis jetzt aber nicht unbedingt.«

»Warte, ich bin ja noch nicht fertig«, ergänze ich schnell. »Wie gesagt, wir diktieren ihnen diese ganzen schweren Wörter. Und wenn sie einen Fehler machen, beißt ihnen die Schreibmaschine ein Stück Finger ab. Natürlich wachsen die Finger immer wieder nach, wenn alle zehn abgebissen sind. Dann geht es wieder von vorne los.«

Mein Vater lehnt sich zurück und streicht nachdenklich über seinen Kinnbart. Wir sehen ihn alle gespannt an.

»Das ist gut«, meint er schließlich. »Es ist kreativ, es ist böse, es ist teuflisch. Gefällt mir.«

Alle atmen erleichtert auf – ich besonders.

»Gute Arbeit, Sohnemann«, sagt mein Vater und klopft mir so fest auf die Schulter, dass ich fast mit dem Kopf auf den Tisch knalle. »Offenbar lernst du ja doch etwas da oben.«

Oh ja, ich lerne sogar ganz viel da oben. Hauptsächlich Sachen, die ich wahrscheinlich nie wieder brauchen werde. Bruchrechnung, zum Beispiel. Oder Geschichte. Muss man das wirklich alles wissen? Ich meine, wenn ich unbedingt wissen möchte, was bei den alten Römern so alles passiert ist, gehe ich einfach in die Abteilung für Politiker und frage Julius Cäsar persönlich. Der war wenigstens dabei und kann mir alles ganz genau erzählen und ich muss kein blödes Geschichtsbuch dafür lesen. Aber das meint mein Vater ja gar nicht, wenn er von lernen spricht. Ihm geht es nur darum, dass ich lerne, richtig böse zu sein. Und ein bisschen habe ich in dieser Hinsicht auch schon gelernt. Ich will zum Beispiel nur böse zu Menschen sein, die selbst böse sind. Alles andere ergibt für mich keinen Sinn. Wieso sollte ich böse zu Menschen sein, die nett zu mir oder meinen Freunden sind? Wenn es nach meinem Vater geht, muss ich aber zu allen Menschen böse sein. Da mache ich aber nicht mit, das kann er vergessen.

»Wann musst du eigentlich wieder zurück?«, fragt er mich.

»Morgen«, antworte ich. »Übermorgen fängt die Schule wieder an.«

»Was, schon? Die Woche ist aber schnell rumgegangen«, sagt mein Vater. »Und wir hatten überhaupt keine Zeit, uns mal richtig zu unterhalten. Wollen wir morgen noch zusammen frühstücken? Ich mache dir auch meine leckeren Schwefel-Pfannkuchen.«

Oha. Würg. Papas Schwefel-Pfannkuchen sind so einiges, aber ganz bestimmt nicht lecker. Wie ekelhaft sie schmecken, weiß ich auch erst so richtig, seit ich oben war. Das Essen dort ist wirklich sensationell, nicht nur die Schokolade, einfach alles. Es gab auch schon ein paarmal Pfannkuchen und die sind überhaupt kein Vergleich zu denen von Papa. Die sind oben total fluffig und weich und süß und schmecken kein bisschen nach Schwefel. Aber da kann ich jetzt ja wohl schlecht Nein sagen – ich habe ihn wirklich kaum gesehen in dieser Woche.

»Okay«, stimme ich zu. »Kann ich Cornibus mitbringen?«

Cornibus liebt Schwefel-Pfannkuchen – wenn er dabei ist, muss ich nicht so viel davon essen.

»Klar, bring ihn mit. Dann mache ich ein paar Pfannkuchen mehr.«

Mist. Aber das wird schon gehen, Cornibus ist total verfressen, das schafft er locker.

»Gut«, sagt mein Vater und wendet sich an die anderen. »Da mein Bruder freundlicherweise schon gegangen ist, bleibt uns sein öder Quartalsbericht erspart. Fluxus, du kümmerst dich um die neue Abteilung?«

Fluxus nickt.

»Steven, kannst du über dein komisches ***HellsApp***©

verbreiten, dass wir drei neue Kreativ-Dämonen suchen?«

Steven ist unser Mann für die Technik. Für die moderne Technik, besser gesagt. Er ist noch nicht lang bei uns, hat aber in der kurzen Zeit bereits die halbe Hölle technisch revolutioniert. Er hat jede Abteilung mit Kameras ausgestattet, Computer für die Verwaltung eingeführt und das Schrei-Phone erfunden. Fast jeder Dämon hat mittlerweile eins. Und über ***HellsApp***© sind alle miteinander verbunden, das ist echt praktisch. Ich mag Steven sehr gern. Er erklärt mir immer alles.

»Wird gemacht, Chef«, sagt er zu meinem Vater.

»Perfekt. Dann sind wir fertig für heute. Ich wünsche euch noch einen schrecklichen Tag.«

Mein Vater verlässt den Raum, die meisten anderen folgen ihm. Als ich gerade aufstehen will, hält Steven mich am Arm fest.

»Hast du einen Moment Zeit für mich, Luzie?«, will er wissen.

»Ja klar«, antworte ich. »Was gibt's denn?«

»Du gehst also morgen schon wieder nach oben?«, fragt er.

»Ja, die Ferien sind vorbei, übermorgen fängt der Unterricht wieder an«, sage ich. »Das nervt ganz schön, dieses Lernen. Warst du auch mal auf der Schule?«

»Ja«, antwortet Steven und lacht. »Oben müssen alle

in die Schule. Ich habe aber immer gerne gelernt. Ich habe sogar eine Klasse übersprungen, weil mir das alles zu langsam ging.«

»Gerne lernen?«, wiederhole ich mit angewiderter Miene. »Das wird mir mit Sicherheit nie passieren. Es sei denn, es ist etwas, was mich wirklich interessiert.«

»Ja, das war bei mir auch so. Ich fand schon immer Technik und Elektronik spannend. Darüber habe ich dann auch gern etwas gelernt. Das ist übrigens auch heute noch so. Leider gibt es hier unten aber kaum Möglichkeiten, etwas über die neuesten technischen Entwicklungen zu erfahren.«

»Ja, das stimmt leider«, sage ich. »Da wärst du oben beim CEO besser dran. Ich habe gehört, da ist immer alles auf dem neuesten Stand.«

»Ja, das ist so«, bestätigt Steven. »Ich war ja zuerst oben. Aber da war alles so perfekt. Es gab immer die neueste Hardware und jeden Tag automatisch neue Updates, ohne dass sich jemand darum kümmern musste. Alles, was ich zu tun hatte, war, blöd rumzusitzen und den ganzen Tag lang Äpfel zu essen.«

»Oh, Äpfel sind sooooo lecker!«, schwärme ich. »Das war das Erste, was ich oben gegessen habe. Die sind so schön süß und saftig.«

»Ja, Äpfel waren mal mein Lieblingsessen«, erklärt Steven. »Aber wenn du jeden Tag nichts anderes isst,

hängt dir dein Lieblingsessen auch irgendwann zum Hals heraus. Außerdem war mir das viel zu langweilig da oben, also habe ich um meine Versetzung in die Hölle gebeten. Ich hatte gehört, dass hier bei euch nichts perfekt und die Technik sehr rückständig ist – genau der richtige Platz für einen Tüftler wie mich. Der CEO hat natürlich getobt und wollte mich nicht gehen lassen, aber ich habe ihn ausgetrickst.«

»Du hast den CEO ausgetrickst?«, frage ich staunend. »Wie hast du das denn geschafft?«

»So schwer war das gar nicht«, sagt Steven grinsend. »In seinen Geschäftsbedingungen steht, dass man als Premium-Mitglied jeden Wunsch erfüllt bekommt. Darum habe ich mir einfach gewünscht, als Dämon untersten Grades in der Hölle arbeiten zu dürfen. Der CEO war so sauer, dass es unten drei Tage schlechtes Wetter gab! Aber er musste mich gehen lassen. Jetzt kriege ich zwar keine Äpfel mehr, aber dafür macht mir die Arbeit hier sehr viel mehr Spaß. Abgesehen von deinem Vater natürlich, der es einem nicht gerade einfach macht, wenn es um technische Neuerungen geht. Gerade heute Morgen hat er den Prototyp meines Hell-Pads runtergeschluckt, nachdem ich ihm erklärt hatte, dass man nicht mit Kreide darauf schreiben kann.«

»Ja, das klingt nach Papa«, sage ich schmunzelnd. »Tut mir leid, dass er dir die Arbeit so schwer macht. Ich finde nämlich super, was du hier schon alles installiert und verändert hast. Und ich würde dir auch gern dabei helfen, aber ich bin ja jetzt erst mal nicht mehr da.«

»Genau deshalb kannst du mir sogar ganz besonders helfen«, stellt Steven fest. »Du könntest mir etwas mitbringen.«

»Kein Problem, gern«, sage ich. »Was soll es sein? Äpfel gehen leider nicht. Ich habe versucht, ein paar für mich mitzunehmen, aber in dem Moment, als ich die Hölle betreten habe, sind sie sofort verschimmelt und verfault.«

»Nein, es handelt sich nicht um Äpfel«, erwidert Steven. »Obwohl, in gewisser Weise schon. Hast du dir da oben schon ein Smartphone gekauft?«

»Nein«, antworte ich. »Die meisten haben zwar eins, aber ich habe mich noch nicht getraut. Die Dinger sehen viel komplizierter aus als unsere Schrei-Phones hier unten.«

»Ach, das ist eigentlich alles ganz einfach und erklärt sich von selbst«, sagt Steven. »Würdest du mir bitte eins kaufen, wenn ich dir Geld gebe? Und vielleicht auch gleich noch ein Tablet? Ich würde gerne wissen, was da mittlerweile an neuer Technik drinsteckt, aber hier unten komme ich einfach nicht dran. Fluxus will ich nicht fragen, der erzählt es gleich deinem Vater.«

»Keine Sorge, ich werde ihm natürlich nichts verraten«, verspreche ich.

»Das heißt, du machst es?«

»Klar, kein Problem.«

Steven zieht einen dicken Stapel Geldscheine aus seiner Hosentasche und drückt ihn mir in die Hand.

»Am besten kaufst du die mit dem Apfel drauf«, erklärt Steven. »Die sind zwar sehr teuer, aber technisch am besten. Du darfst die Sachen natürlich auch benutzen. Ich will sie dann nur einmal auseinandernehmen und wieder zusammenbauen. Das Geld müsste reichen. Einer aus der Abteilung Reiche Geizhälse hatte es in seine Unterhose eingenäht. Wenn noch etwas übrig bleibt, kannst du es gern behalten.«

»Alles klar, danke«, sage ich und stecke das Geld ein. »Und wo kriege ich so ein Apfel-Smartphone und ein Tablet?«

»Frag einfach einen deiner Mitschüler, die wissen das sicher.«

»Okay, mach ich«, erwidere ich. »Brauchst du sonst noch etwas?«

»Nein, das reicht vollkommen«, sagt Steven. »Du hilfst mir wirklich sehr damit, vielen Dank.«

»Nichts zu danken! Es dauert jetzt allerdings ziemlich lang, bis ich wiederkomme. Die nächsten Ferien sind erst in zwei Monaten.«

»Ja, ich weiß«, meint Steven. »Es eilt ja auch nicht. Pass nur bitte auf, dass dein Vater nichts mitkriegt.«

»Er wird auf jeden Fall mitkriegen, dass ich die Sachen kaufe«, sage ich. »Er hat einen Spion oben, der ihm alles berichtet, was ich mache. Aber ich tue einfach so, als würde ich das Zeug für mich haben wollen, das klappt schon.«

»Dein Vater hat einen Spion auf dich angesetzt?«, wundert sich Steven.

»Ja«, sage ich seufzend. »Du weißt nicht zufällig, wer es sein könnte?«

»Nein, tut mir leid«, antwortet Steven. »Als Dämon

untersten Grades werde ich über solche Sachen nicht informiert. Aber ich halte mal die Ohren offen. Wenn ich etwas mitkriege, sage ich es dir natürlich.«

»Okay, das wäre super. Ich muss dann mal los, Cornibus wartet auf mich. Ich habe ihm versprochen, noch einen Ausflug durch die Hölle mit ihm zu machen, bevor wir wieder nach oben müssen.«

»Dann lass dich nicht weiter von mir aufhalten«, meint Steven. »Wir sehen uns, wenn du zurück bist. Genieß deine Zeit da oben. Die Welt der Lebenden ist schöner, als du denkst.«

Ja, das weiß ich. Ich hatte mir das alles viel schlimmer vorgestellt dort oben. Aber jetzt vermisse ich es sogar ein bisschen und freue mich darauf, wieder diese tolle frische Luft zu atmen. Und meine Freunde wiederzusehen. Und Schokolade zu essen. Darauf freue ich mich am allermeisten. Cornibus auch.

Werrr ist denn da?

»Nicht so schnell, Cornibus!«, rufe ich. »Ich sehe kaum noch was, es ist so dunkel hier unten!«

Vielleicht hätten wir doch nicht so weit runtergehen sollen. Aber das ist ja Sinn und Zweck unserer gemeinsamen Ausflüge. Die Hölle ist so groß, und wir erkunden gern Plätze, an denen wir noch nie waren. Beim letzten Mal haben wir sogar einen kleinen, wunderschönen Lava-See entdeckt, den selbst mein Vater nicht kannte. Jetzt ist es aber leider gerade nicht besonders schön. Was natürlich auch daran liegen könnte, dass ich so gut wie nichts sehe. Meine Augen sind zwar an Dunkelheit gewöhnt, aber hier ist es nicht nur dunkel, sondern rabenschwarz.

Plötzlich taucht ein paar Schritte vor mir ein kleines grünes Licht auf, das mich fast schon blendet.

»Cornibus macht Licht«, höre ich Cornibus' Stimme krächzen.

Es dauert einen Moment, bis sich meine Augen an die neuen Verhältnisse gewöhnt haben. Dann sehe ich,

dass Cornibus sich in ein großes, fettes Glühwürmchen verwandelt hat.

»Super Idee, Cornibus!«, sage ich. »Flieg bitte ein bisschen tiefer, damit ich den Boden besser sehen kann. Ich stolpere ständig über irgendwelche Steine.«

»Cornibus tiefer. Kein Problem.«

Ah, das ist schon viel besser. Aufregender wird es dadurch allerdings auch nicht. Wir sind jetzt auch schon seit über zwei Stunden hier unten unterwegs und haben noch nichts Außergewöhnliches entdeckt.

»Cornibus langweilig«, krächzt es jetzt vor mir.

Das war ja klar. Wenn er über längere Zeit niemanden erschrecken oder veräppeln kann, fängt er an zu meckern.

»Du wolltest ja vorhin unbedingt nach links abbiegen«, sage ich. »Vielleicht wäre rechts ja etwas Interessanteres gewesen als nur finstere Gänge.«

»Cornibus langweilig«, wiederholt er.

»Und was soll ich jetzt dagegen machen?«, frage ich. »Ich weiß genauso wenig wie du, wo hier unten etwas los ist.«

»Versteck spielen.«

»Du bist lustig. Ich sehe ja kaum meine eigene Hand vor den Augen. Verstecken spielen macht unter diesen Umständen wohl wenig Sinn.«

»Versteck spielen«, wiederholt Cornibus. »Luzie sucht Cornibus.«

»Haha, du bist witzig!«, sage ich lachend. »Das wäre doch viel zu einfach. Du bist ein Glühwürmchen, dich finde ich in dieser Finsternis überall sofort.«

Das Licht vor mir geht plötzlich aus, alles wird wieder pechschwarz.

»Cornibus nicht mehr Blühwürmchen«, krächzt es von unten zu mir herauf, während irgendetwas Weiches mein Bein streift. »Cornibus jetzt Katze. Such mich.«

»Ach, Cornibus«, sage ich seufzend. »Das bringt doch nichts. Es ist wirklich viel zu dunkel hier, da finde ich dich doch nie.«

»Such mich.«

Seine Stimme kam gerade von weiter vorne, offenbar entfernt er sich von mir.

»Nicht, Cornibus!«, rufe ich ihm zu. »Bleib hier! Wir müssen zusammenbleiben! Sonst finden wir vielleicht den Weg zurück nicht!«

»Such mich.«

Seine Stimme klingt schon ziemlich weit entfernt.

»Nein, Cornibus! Mach das Licht wieder an und komm sofort zu mir!«

Keine Reaktion. Absolute Stille. Er ist weg. Dieser verflixte kleine Dämon macht mich noch mal wahnsinnig. Aber es hilft ja nichts, ich muss hinterher.

Ich taste mich langsam vorwärts. Sehr langsam. Irgendwann macht der Gang einen Knick nach links und es geht leicht bergab. Die Decke wird immer niedriger, ich komme nur noch gebückt voran. Gefühlte tausend Schritte später kann ich mich endlich wieder aufrichten. Ich bleibe stehen, um kurz zu verschnaufen.

»Cornibus!«, rufe ich. »CORNIBUS! DU HAST GEWONNEN! ICH FINDE DICH NICHT! KANNST RAUSKOMMEN!«

Nichts. Ich laufe weiter. Wahrscheinlich sitzt er ganz in der Nähe und kichert hocherfreut in sich hinein. Dieser verflixte kleine …

BOING!

Ich bin voll mit dem Kopf an einen Felsvorsprung geknallt. So langsam habe ich nun aber wirklich die Schnauze voll von diesem blöden Ausflug.

»CORNIBUS!«, rufe ich sauer. »ES REICHT! ICH HAB KEINE LUST MEHR! DAS SPIEL IST ZU ENDE! ICH GEHE JETZT ZURÜCK! MACH BITTE DAS LICHT AN UND KOMM RAUS!«

Und wieder nur absolute Stille als Antwort.

»NA GUT! DANN GEHE ICH EBEN OHNE DICH! ABER DANN ESSE ICH AUCH DIE GANZE TÜTE EXTRA SCHARF GEPFEFFERTES POPCORN OHNE DICH, DIE ICH BEIM TEAM-MEETING STIBITZT HABE!«

Immer noch nichts. Heute ist er aber wirklich sehr hartnäckig, normalerweise kann ich ihn mit der Aussicht auf Popcorn immer locken. Popcorn ist das einzige Naschzeug, das hier unten auch genießbar ist. Fluxus kann manchmal eine Ladung Maiskolben auftreiben, und sobald er die Hölle damit betritt, wird Popcorn daraus. Cornibus liebt Popcorn über alles – zumindest war das bis vor Kurzem so. Kann gut sein, dass er es jetzt nicht mehr so toll findet, weil er mittlerweile Schokolade kennt. Aber egal, bringt ja nichts, ich mache mich jetzt jedenfalls auf den

Rückweg. Irgendwann wird er schon auftauchen. Ich drehe um und taste mich vorsichtig vorwärts.

»Hallo?«

Huch, was war das denn? Da hat doch jemand ganz leise Hallo gerufen, oder? Ich bleibe stehen und lausche gespannt in die Stille.

»Hallo? Ist da jemand?«

Da war es wieder! Es kommt von rechts. Ich taste mich an der Seite entlang.

»Hallo?«, rufe ich. »Wer ist denn da?«

»Hallo! Hilfe! Rrrrrettet mich!«

Okay, die Stimme wird lauter, ich komme also näher. Meine Hände tasten an der Wand entlang. Plötzlich ändert sich die Struktur. Das fühlt sich metallisch an. Könnte eine Tür sein. Ich taste weiter und erfühle etwas Rundes. Ja, das fühlt sich an wie ein Türknauf.

»Hallo?«, rufe ich. »Sind Sie dadrin?«

»Ja! Werrr ist denn da?«

»Ich heiße Luzie.«

»Rrrrretten Sie mich, Luzie! Lassen Sie mich hierrrr rrrrraus!«

Aha, er ist offenbar eingeschlossen. Und er spricht sehr seltsam.

»Wie sind Sie denn da reingekommen?«, frage ich.

»Ich … äh … ich sollte hierrrrr rrrrreinemachen!«, kriege ich als Antwort. »Jawohl! Ich bin der Rrrrrreinemacherrrr! Die Türrrrrr ist zugefallen! Jawohl! Und man kann sie nurrrrr von außen öffnen!«

Ah, das ist einer unserer Putzdämonen. Kein Wunder, dass er so komisch redet. Die sind meistens uralt und trinken nur Essigreiniger. Der Arme. Ich habe mich auch mal selbst eingesperrt, in Abteilung 52, bei den Schiedsrichtern. Die müssen sich immer gegenseitig ans Schienbein treten und die Rote Karte geben. Und ihre Trillerpfeifen sind hundertmal so laut wie normale. Drei Stunden steckte ich dadrin fest – meine Ohren haben erst nach drei Tagen wieder aufgehört zu fiepen.

»Wie lange sind Sie denn schon dadrin?«, frage ich.

»Ich weiß es nicht. Sehrrrrrr lange. Mein Barrrrrt rrrrreicht schon bis zum Boden.«

»Oje, Sie Armer. Warten Sie, ich versuche, die Tür zu öffnen.«

Ich taste nach dem Türknauf und drehe ihn nach rechts. Ein Klicken ertönt, aber die Tür öffnet sich nicht. Ich rüttle kräftig daran, dann klappt es.

»Sie können rauskommen, es ist offen«, sage ich.

Ich spüre, wie jemand neben mich tritt. Puh, dieser

Gestank ist ja bestialisch. Dämonen stinken zwar von Haus aus grundsätzlich, aber dieser hier lässt mich gerade wünschen, dass meine Nase in Ohnmacht fallen könnte.

»Ich danke Ihnen rrrrrecht herrrrrzlich, guterrrrr Mann!«, sagt er. »Ich werrrrrde mich bei Gelegenheit rrrrrevanchierrrren! Aberrrr jetzt muss ich errrrrst mal etwas essen. Bitte schubsen Sie mich in die Rrrrrichtung, in derrrr ich ein schmackhaftes Butterrrrbrrrrot finde.«

Butterbrot? Das gibt es oben manchmal zum Abendessen. Dass es das hier unten auch gibt, ist mir neu.

»Äh … ja … da lang«, sage ich leicht verwirrt und drehe ihn in die Richtung, aus der ich gekommen bin.

Ich hatte kurz überlegt, ob ich ihn begleiten soll, damit ich nicht allein zurücklaufen muss, aber meine Nase hat sich sehr schnell dagegen entschieden.

Ich höre, wie sich seine Schritte von mir entfernen.

»Au! Verrrrrflucht!«

»Alles okay bei Ihnen?«, rufe ich.

»Ja!«, antwortet er. »Ich bin nurrrr auf meinen Barrrrrt getrrrreten! Auf Wiederrrrrsehen!«

Komischer Kauz. Aber davon gibt es ja viele in der Hölle, das ist also nicht weiter verwunderlich.

Ich warte einen Moment, bis sich sein Gestank verflüchtigt hat, und taste mich langsam weiter zurück. Als der Gang nach einer Weile einen Knick nach rechts macht, trete ich plötzlich auf etwas Weiches. Ein scharfes Fauchen von unten lässt mich erschreckt zusammenzucken.

»Luzie, aufpassen! Nicht auf Cornibus treten!«

»Cornibus! Da bist du ja, du kleiner Schlingel!«, sage ich freudig.

»Ja«, knurrt Cornibus. »Versteck nicht gut. Eben schon jemand fast auf Cornibus getreten. Aber gut gerochen.«

»Ich glaube, ich weiß, wen du meinst«, sage ich. »Hast du jetzt genug Verstecken gespielt? Können wir endlich zurückgehen?«

»Nur, wenn Cornibus Plopcorn kriegt.«

»Popcorn«, verbessere ich ihn. »Das heißt Popcorn. Du hast mich also genau gehört.«

»Ja«, antwortet er kichernd. »Cornibus genau neben Luzie.«

»Und warum hast du dann nicht geantwortet?«

»Weil Luzie mich sonst gefunden.«

»Das habe ich so aber auch. Also hast du das Spiel verloren und kriegst kein Popcorn.«

»Luzie Cornibus nicht gefunden. Nur auf Cornibus getreten. War Zuknall. Gilt nicht. Also Cornibus Popcorn.«

»Das heißt Zufall. Und wenn du brav bist und uns ganz schnell ohne Umwege nach Hause leuchtest, gebe ich dir vielleicht eins ab.«

»Eins Tüte?«

»Netter Versuch«, erwidere ich. »Ein Popcorn natürlich.«

»Nur eins Popcorn?«, empört sich Cornibus. »Zu wenig! Cornibus in Maus verwandeln! Sonst nicht satt! Luzie böse!«

»Schon gut, schon gut«, sage ich lachend. »War doch nur Spaß. Du kriegst zwei.«

»Zwei Tüte?«

»Ich hab doch nur eine.«

»Halbe Tüte?«

»Na gut.«

»Yippie!«, jubelt er und dreht drei Runden, jetzt wieder als Glühwürmchen, um meinen Kopf. »Plopcorn!«

Er saust los und ich folge ihm, so schnell ich kann.

Ranziges Schwefelfett

»Na, da hat aber jemand tüchtig Hunger«, sagt mein Vater. »Es geht eben nichts über ordentliche Höllenkost. Willst du noch einen? Ich kann auch noch ein paar knusprige Kakerlakenflügel in die Pfanne werfen.«

Nein, bloß nicht! Ich würge jetzt noch an den letzten. Wenn Cornibus nicht da wäre, hätte ich wahrscheinlich längst auf den Tisch gekübelt. Er sitzt als übergroßes Chamäleon neben mir und schnappt sich blitzschnell mit seiner langen Zunge immer wieder diese ekelhaften Pfannkuchen von meinem Teller, wenn mein Vater kurz wegguckt. Zwei davon musste ich leider trotzdem essen.

»Nein, danke«, sage ich. »Ich bin wirklich pappsatt.«

»Cornibus nicht plappsatt«, ruft Cornibus. »Cornibus mehr Kakerschnakenflügel.«

»Dich hab ich nicht gefragt«, knurrt mein Vater. »Ich koche doch nicht für verfressene, kleine Hausdämonen.«

Cornibus wird ein Stück kleiner – er hat eine Höllenangst vor meinem Vater. Er zupft mich mit seinem Chamäleonschwanz am Ärmel und wirft mir einen bettelnden Blick zu.

»Na gut«, sage ich seufzend. »Ich nehme doch noch ein paar Kakerlakenflügel. Die sind einfach zu lecker.«

Cornibus kichert leise, während mein Vater einen großen Haufen Kakerlakenflügel in die Pfanne wirft.

»Und, wie läuft's da oben?«, fragt er.

»Das weißt du doch ganz genau«, antworte ich mürrisch. »Hast ja schließlich deinen Spion.«

»Ach, der berichtet mir doch immer nur die Fakten, was du so machst oder nicht machst. Ich möchte aber wissen, wie es dir da oben gefällt. Als ich zum ersten Mal oben war, fand ich alles sehr seltsam.«

Ja, ich auch. Wobei ich es eher ungewohnt als seltsam nennen würde. Mittlerweile habe ich mich aber an das meiste gewöhnt – selbst an das tägliche Duschen. Irgendwie vermisse ich das hier unten jetzt sogar. Nach einer Woche ohne Dusche stinke ich wahrscheinlich wie einer von Papas Schwefel-Pfannkuchen.

»Ja, geht so, alles okay«, sage ich.

»Und was ist mit dem Bösesein? Übst du fleißig?«

Eigentlich nicht. In letzter Zeit gab es keine Gelegenheit zum Bösesein, weil niemand böse zu mir war. Ich habe ein paarmal meine Hausaufgaben nicht gemacht, das zählt aber nur oben ein bisschen als böse und dort auch nur für die Lehrer. Meinen Vater würde das nicht beeindrucken, deswegen erwähne ich es am besten gar nicht.

»Jaja«, sage ich stattdessen.

»Jetzt lass dir doch nicht alles aus der Nase ziehen«, stöhnt mein Vater. »Oder willst du die letzten Stunden hier unten bei den Öffentlichen Popelfressern in Abteilung 65 verbringen?«

Nein, bloß nicht! Die müssen pausenlos ihr Gehirn durch die Nase rauspopeln und aufessen, das ist total eklig.

»Aber es gibt einfach nichts zu erzählen«, erkläre ich. »Es passiert nichts Spannendes da oben. Es gibt immer nur Unterricht und Hausaufgaben und Unterricht und Hausaufgaben, jeden Tag dasselbe, das ist total langweilig, da kann man gar nicht böse sein.«

»Dann musst du dir eben etwas einfallen lassen. Sei ein bisschen kreativ!«

»Ich will aber nicht einfach so böse sein«, erwidere ich. »Ich muss schon einen Grund haben.«

»Ach, papperlapapp. Böse sein geht immer«, sagt mein Vater und kippt den kompletten Inhalt der Pfanne auf meinen Teller. »Das liegt in deinen Genen, dafür brauchst du keinen Grund. Fang einfach klein an. Stell einem deiner Mitschüler ein Bein. Oder schubs einen Lehrer die Treppe runter. Du wirst sehen, das wird dir gefallen.«

Das würde es ganz sicher nicht. Ich bin selbst eine Treppe runtergefallen, das tut verdammt weh. Und warum sollte ich wollen, dass das einem Lehrer passiert? Die meisten meiner Lehrer sind zwar stinklangweilig und nerven, aber dafür können sie ja nichts, das liegt an ihrem Beruf. Wirklich böse war bis jetzt noch keiner zu mir, also warum sollte ich böse zu ihnen sein? Aber das würde mein Vater nie verstehen.

»Ja, ich kann's ja mal versuchen«, sage ich deshalb.

»Sehr gut, das ist die richtige Einstellung«, meint er. »Mehr verlange ich ja auch gar nicht. Und jetzt hau rein, so was Leckeres kriegst du so schnell nicht mehr.«

Er sieht mich erwartungsvoll an. Mist, dann muss ich wohl noch ein paar Kakerlakenflügel runterwürgen. Ich schiebe mir widerwillig einen in den Mund.

»Mmmmh, lecker«, sage ich. »Kann ich vielleicht noch ein bisschen ranziges Schwefelfett dazuhaben?«

»Na klar!«, freut sich mein Vater.

Er steht auf und geht zurück an den Ofen. Ich nicke Cornibus schnell zu, er lässt seine Zunge hervorschnellen und schnappt sich einen ganzen Haufen Kakerlakenflügel auf einmal. Bevor mein Vater sich wieder umgedreht hat, schluckt Cornibus schnell alles herunter und schnappt sich noch eine Ladung – mein Teller ist jetzt nur noch halb so voll wie vorher.

Mein Vater kommt zurück an den Tisch und kippt das ranzige Schwefelfett aus der Pfanne über die Kakerlakenflügel.

»Ah, sehr gut«, sagt er mit Blick auf meinen Teller. »Du schlingst dein Essen schön runter, wie es sich für einen richtigen Teufel gehört. Soll ich dir noch ein paar Flügelchen einpacken? Dann hast du oben noch etwas, worauf du dich freuen kannst.«

»Äh … ja, gern«, antworte ich.

Mein Vater dreht sich wieder um, Cornibus schnappt sich den Rest von meinem Teller und reibt sich anschließend seinen dick gefüllten Bauch.

Mein Vater kommt zurück an den Tisch und stellt einen Behälter aus Plastik vor mir ab.

»Schling sie am besten irgendwo im Freien herunter«, schlägt er vor. »An der frischen Luft entfalten sie erst ihr volles Aroma.«

Cornibus' Schwanz bewegt sich auf den Behälter zu, ich gebe ihm unter dem Tisch einen Klaps.

»Ja, das mach ich«, sage ich und schiebe den Behälter aus Cornibus' Reichweite. »Vielen Dank.«

»Brauchst du sonst noch etwas?«, fragt mein Vater. »Hast du genug Geld? Ich habe gehört, du gibst es hauptsächlich für Schokolade aus. Ich verstehe ja nicht, wie man so was essen kann. Widerlich süßes Zeug. Kauf dir lieber eine ordentliche Steinschleuder, damit kann man tolle böse Sachen machen. Gibt's die überhaupt noch da oben? Steinschleudern? Es ist schon eine Weile her, dass ich zum letzten Mal länger oben war. Oder kauf dir …«

Ein ohrenbetäubender Heulton unterbricht ihn. Ich zucke erschreckt zusammen. Mein Vater blickt sich verwundert um.

»WAS IST DENN JETZT SCHON WIEDER LOS?«, brüllt er. »WOHER KOMMT DIESER INFERNALISCHE LÄRM? WIR SIND DOCH HIER NICHT IN ABTEILUNG 29!«

Abteilung 29? Ach ja, ich erinnere mich. Da sitzen die Spaßbefreiten Nachbarn. Das sind diese Miesepeter, die ständig die Polizei rufen, weil sie ein quietschendes Gartentor bereits als Lärmbelästigung betrachten. Wenn sie bei uns unten ankommen, kriegen sie unverwüstliche Gehörgänge eingepflanzt und werden dann rund um die Uhr mit Zweihundert-Dezibel-Kindergeschrei bombardiert.

»LUZIE, WAS IST DAS DENN?«, brüllt mein Vater mir zu. »HAST DU ETWAS DAMIT ZU TUN? SOLL DAS ETWA EIN LUSTIGER ABSCHIEDSSTREICH SEIN? DAS IST ABER NICHT LUSTIG, DAS NERVT HÖLLISCH!«

»ICH WEISS NICHT, WAS DAS IST!«, brülle ich zurück. »ICH HABE NICHTS DAMIT ZU TUN!«

»DANN IST DAS BESTIMMT WIEDER EINE VON STEVENS BESCHEUERTEN ERFINDUNGEN! DER KERL MACHT MICH NOCH MAL WAHNSINNIG MIT SEINER BLÖDEN TECHNIK! HÖRST DU MICH, STEVEN? SCHALTE DAS SOFORT AUS! SONST DARFST DU IN ZUKUNFT NUR NOCH HANDYHÜLLEN STRICKEN! STEEEEEVEN!«

Ich bezweifle ja sehr stark, dass Steven ihn hören kann, egal, wo er gerade ist. Und irgendwie klingt dieses Geräusch auch nicht nach einer von Stevens Installationen, dafür ist es nicht elektronisch genug. Es hört sich viel eher so an, als würde da tatsächlich jemand oder etwas fürchterlich laut heulen.

Die Tür springt auf, Onkel Gabriel stürzt herein. Er ist sehr aufgeregt und sagt irgendwas, aber wir können ihn nicht hören.

»WAS?«, brüllt mein Vater ihm entgegen. »WEISST DU VIELLEICHT, WO DIESER LÄRM HERKOMMT?«

»DAS IST UNSER AUSBRUCHS-ALARM!«, brüllt Onkel Gabriel.

»ACH SO! KEIN WUNDER, DASS ICH DAS GERÄUSCH NICHT KANNTE! ES IST JA

NOCH NIE JEMAND AUSGEBROCHEN BEI UNS! WIE STELLT MAN DAS WIEDER AB?«

»DAS SIND SPEZIELL GEZÜCHTETE SIRENENDÄMONEN! DIE KANN MAN NICHT EINFACH SO ABSTELLEN! DIE HÖREN ERST WIEDER AUF, WENN DER AUSBRECHER GEFASST IST!«

»WER IST DENN AUSGEBROCHEN?«, will mein Vater wissen.

»DU WIRST ES NICHT GLAUBEN!«, brüllt mein Onkel. »**ER** IST AUSGEBROCHEN!«

»**ER**?«, hakt mein Vater fassungslos nach. »BIST DU SICHER?«

»JA! STEVEN HAT IHN ÜBER SEINE ÜBERWACHUNGSKAMERAS EINDEUTIG IDENTIFIZIERT!«

Mein Vater wird kreidebleich. Das habe ich noch nie bei ihm gesehen. Von wem reden die beiden? Wer soll das denn sein, dieser **ER**? Ich habe noch nie von einem **ER** gehört. Das muss ja echt ein ganz fieser Typ sein, wenn mein Vater so reagiert.

»ABER … ABER DAS KANN NICHT SEIN!«, stammelt mein Vater. »**ER** SITZT IN EINER EINZELZELLE GANZ UNTEN IM LETZTEN WINKEL DER HÖLLE! ICH HABE IHN HÖCHSTPERSÖNLICH DORT EIN-

GESPERRT! UND DIE ZELLE HAT EINE TÜR, DIE SICH NUR VON AUSSEN ÖFFNEN LÄSST!«

»VIELLEICHT HAT IHM JEMAND GEHOLFEN!«

»DAS GLAUB ICH NICHT! WER IST DENN SO BESCHEUERT UND LÄSST **IHN** FREI?«

Das wäre dann wohl aller Wahrscheinlichkeit nach ich. Ganz unten im letzten Winkel der Hölle. Ein eingeschlossener Typ. Eine Tür, die sich nur von außen öffnen lässt. Verdammt. Da habe ich aber so richtig Mist gebaut. Ich muss es meinem Vater sagen. Aber wenn ich das mache, reißt er mich in viele kleine Stücke und verfüttert sie an Cerberus. Was, wenn ich nichts sage? Dann habe ich ein schlechtes Gewissen. Aber das ist sicherlich viel leichter zu ertragen, als von Cerberus langsam verdaut zu werden. Außerdem, was bringt es denn, wenn ich das jetzt beichte? Dieser Typ ist schon frei, daran würde sich nichts ändern. Und schneller eingefangen wird er dadurch auch nicht. Im Gegenteil: Mein Vater wäre erst mal damit beschäftigt,

seine Wut an mir auszulassen – und das kann dauern. Wenn ich nichts sage, kann er sich sofort auf die Jagd machen, und der Typ wird viel schneller wieder eingelocht. Ja, es ist unter diesen Umständen viel vernünftiger, nichts zu erzählen – und viel gesünder für mich.

»DAS IST EINE KATASTROPHE!«, tobt mein Vater. »**ER** SPAZIERT HIER FREI DURCH DIE GEGEND! WENN DAS DER CEO MITKRIEGT, KÖNNEN WIR GLEICH ZUMACHEN! WO HAT STEVEN IHN ZULETZT GESEHEN?«

»GANZ IN DER NÄHE VON ABTEILUNG 1!«, antwortet Onkel Gabriel.

»NATÜRLICH! WO AUCH SONST! NA WARTE! DEN SCHNAPP ICH MIR GLEICH! UND DANN WERFE ICH IHN EIGENHÄNDIG IN DAS ZWEITTIEFSTE LOCH, DAS WIR HIER UNTEN HABEN! UND SEINEN KOPF IN DAS TIEFSTE! ABER VORHER DREHE ICH NOCH DIESEN KOMISCHEN ALARM-DÄMONEN DIE HÄLSE UM! DAS GEHEULE MACHT EINEN JA TOTAL VERRÜCKT! LOS, KOMMT MIT!«

Mitkommen? Lieber nicht. Ich sollte besser nicht dabei sein, wenn mein Vater diesen Kerl schnappt – vielleicht erkennt er ja meine Stimme. Oh nein! Ich habe ihm ja sogar meinen Namen gesagt! Ich Vollidiot! Das bedeutet, es kommt auf jeden Fall raus, dass ich ihn freigelassen habe. Und wenn das passiert, möchte ich lieber nicht hier sein.

»Äh … ich muss doch nach oben«, sage ich deshalb.

»WAS?«, brüllt mein Vater.

»ICH MUSS IN DIE SCHULE!«, brülle ich zurück. »UND ZWAR GLEICH! JEMAND MUSS MICH HOCHBRINGEN!«

»GABRIEL, MACH DU DAS!«, brüllt mein Vater. »UND DANACH KOMMST DU SO SCHNELL WIE MÖGLICH ZU ABTEILUNG 1!«

Mein Onkel nickt, und mein Vater stampft davon, ohne sich von mir zu verabschieden. Aber das ist sicher weniger schlimm als das, was mich erwartet, wenn wir uns das nächste Mal wiedersehen.

»HAST DU SCHON GEPACKT?«, fragt mich Onkel Gabriel.

Ich nicke. Ich habe nicht viel zu packen. Meine Klamotten habe ich fast alle oben gelassen, hier unten brauche ich schließlich nichts zum Wechseln.

»ICH MUSS NUR NOCH KURZ MEINE TASCHE HOLEN!«, rufe ich.

»GUT! DANN TREFFEN WIR UNS IN EINER VIERTELSTUNDE AM STYX!«

Ich strecke ihm einen Daumen entgegen, er verlässt den Raum. Ich will ihm gerade folgen, als Cornibus auf meine Schulter springt und mich am Ohr zieht. Ich schaue ihn an, er zeigt auf den Tisch.

»Luzie Kakerschnakenflügel nicht vergessen!«, sagt er.

»Echt? Du willst die Dinger mitnehmen?«, frage ich. »Aber oben gibt es Schokolade, die ist doch viel besser.«

»Schlotzolade besser«, meint Cornibus. »Kakerschnakenflügel aber auch besser.«

»Aha. Gibt es auch etwas, das nicht besser ist?«

»Nein«, sagt Cornibus. »Alles Essen immer besser.«

Ich schnappe mir lachend den Plastikbehälter mit den Kakerlakenflügeln und flitze los.

Zum Knabbern

Autsch! Ich bin mit dem Rücken genau auf einem Stein gelandet. Und Onkel Gabriel auf mir. Dieses Teleportieren ist nichts für Weicheier, zumindest die Landung nicht. Verdammt, das tut aber auch weh! Falls es nicht vorher schon klar war – jetzt weiß ich genau, dass ich wieder oben bin. Unten spüre ich keine körperlichen Schmerzen, da kann mir mein Vater seine Hörner zum Spaß dreimal täglich in den Bauch rammen, und ich merke nichts davon. Aber hier oben tut es ja schon weh, wenn man sich nur an einer Buchseite schneidet. An stinknormalem Papier! Wer rechnet denn mit so was? Das ist mir gleich in meiner allerersten Schulstunde passiert. Und es hat geblutet! Und wehgetan! Wie verrückt! Und ohnmächtig bin ich davon auch noch geworden!

Das ist echt lebensgefährlich hier oben – ein Wunder, dass nicht alle mit einem Helm auf dem Kopf und in Watte eingewickelt herumlaufen.

Onkel Gabriel rollt sich von mir herunter, steht auf und klopft sich den Staub von seinen Klamotten.

»Gut«, sagt er. »Du kennst ja den restlichen Weg. Ich verschwinde gleich wieder.«

Wie jetzt? Keine guten Ratschläge? Beim letzten Mal hat er mich noch bis direkt vor den Eingang gebracht.

»Ist alles okay bei dir?«, frage ich ihn. »Du warst schon die ganze Zeit so schweigsam. Machst du dir Sorgen, weil dieser Typ ausgebrochen ist?«

»Nein«, sagt Onkel Gabriel und seufzt. »Ich mache mir Sorgen wegen deines Vaters. Das geht nicht mehr lange gut. Er hat keine Ahnung von den wirtschaftlichen Zwängen eines Betriebs dieser Größenordnung. Früher war das ja alles noch verhältnismäßig einfach, da hat das Budget für alle gereicht. Aber seit der CEO uns immer mehr Leute schickt und die Bestrafungsmethoden ständig aufwendiger werden, reicht es hinten und vorne nicht. Und das ignoriert er einfach. Bald gibt es einen ganz großen Knall da unten. Und dann werden Köpfe rollen. Und der deines Vaters steht ganz oben auf der Liste.«

»Aber du wirst ihm doch helfen?«, frage ich besorgt.

»Du warst doch beim Team-Meeting dabei«, sagt Onkel Gabriel. »Dieser Sturkopf lässt sich ja nicht helfen.

Er weiß immer alles besser, das war schon immer so. Ich weiß nicht, was ich noch machen soll.«

»Ja, er ist leider ein unverbesserlicher Dickschädel«, stimme ich ihm zu. »Vielleicht kann ich ja mal mit ihm reden, wenn ich wieder zurück bin.«

»Du glaubst doch nicht im Ernst, dass er auf dich hören wird«, meint Onkel Gabriel.

Nein, das glaube ich tatsächlich nicht. Aber ich weiß gerade nicht, wie ich ihm sonst helfen könnte.

»Aber lass das alles mal meine Sorge sein«, sagt Gabriel. »Irgendwas fällt mir schon ein. Genieß du mal deine Zeit hier oben. Ich habe gehört, du hast schon ein paar Freunde gefunden. Freunde sind sehr wichtig, auch für einen Teufel, das darfst du nie vergessen. Und iss bitte eine Tafel Schokolade für mich mit.«

»Das mach ich«, sage ich grinsend. »Gerne auch zwei.«

»Cornibus auch machen! Gerne auch hundertdreiundfünfundachtzig!«

Cornibus krabbelt aus meiner Tasche, verwandelt sich in einen Hund und fängt an, fröhlich kläffend durch das hohe Gras zu springen.

»Macht's gut, ihr zwei«, sagt Onkel Gabriel, und im nächsten Moment ist er auch schon verschwunden.

Ich atme einmal ganz tief ein und genieße die frische Luft, die meine Lungen füllt. Oh, tut das gut!

»Was hältst du davon, wenn wir erst mal einen kleinen Spaziergang durch den Wald machen?«, frage ich Cornibus.

Ein begeistertes Kläffen zeigt mir, dass er einverstanden ist, und wir laufen beide gemütlich los.

Eine halbe Stunde später schlüpft Cornibus als Maus zurück in meine Tasche und ich gehe durch den Eingang von St. Fidibus. Als ich an der Hausmeisterwohnung vorbeilaufe, kommt Lilly gerade heraus. Ein kurzer Blick genügt und mein Herz beginnt plötzlich viel schneller zu schlagen als sonst. Was ist das denn jetzt schon wieder? Ist das normal? Das ist ja beängstigend.

»Vitus!«, ruft sie und kommt lächelnd auf mich zu. »Schön, dass du wieder da bist!«

Stimmt, hier oben heiße ich ja Vitus. Vitus von Turbsnatas. Daran muss ich mich erst wieder gewöhnen.

»Ja«, antworte ich. »Das finde ich auch.«

Sie bleibt vor mir stehen. Ich freue mich total, sie zu sehen. Vielleicht schlägt ja deshalb mein Herz immer noch so schnell?

»Und, wie war es zu Hause?«, fragt sie mich. »Hattest du eine schöne Zeit?«

Mit zu Hause meint sie natürlich nicht die Hölle – sie weiß ja nicht, wer ich wirklich bin. Sie denkt, ich wäre in Ungarn gewesen, weil ich angeblich von dort komme. Selbstverständlich habe ich aber nicht die geringste Ahnung von Ungarn.

»Öh … ja … war okay«, antworte ich. »Und bei dir? Was hast du so gemacht?«

»Mein Onkel und ich waren ein paar Tage am Meer«, sagt Lilly. »Ich durfte sogar einmal Jetski fahren, das war echt super.«

»Cool«, erwidere ich.

»Hast du Lust, nachher Aaron mit mir vom Bahnhof abzuholen?«, fragt Lilly. »Er hat mir heute Morgen geschrieben, er kommt in einer Stunde an. Seine Ferien waren wohl nicht so cool. Seine Eltern haben ihn in eine Klinik gesteckt, weil sie herausfinden wollen, was mit seinem Gehirn nicht stimmt.«

Was für ein Blödsinn. Mit Aarons Gehirn ist doch alles in Ordnung. Es funktioniert sogar besser als die meisten anderen, würde ich sagen. Er weiß viel mehr als Lilly, Gustav und ich

zusammen, weil sich sein Gehirn alles merkt, was er liest und hört. Deswegen redet er ein bisschen komisch. Aber das ist doch noch lange kein Grund, ihn über die Ferien in eine Klinik zu stecken.

»Klar, ich komme gern mit«, sage ich. »Ich will nur vorher meine Tasche auf mein Zimmer bringen und schnell duschen.«

»Ach, du bist das«, meint Lilly und rümpft angewidert die Nase. »Ich dachte schon, ich bin irgendwo reingetreten. Ja, duschen ist definitiv eine gute Idee. Dann treffen wir uns in einer Dreiviertelstunde hier?«

»Alles klar«, sage ich. »Bis nachher.«

Ich laufe auf das Gebäude mit den Unterkünften zu.

»Vergiss nicht, dich bei Frau Schneider-Schnutzel zurückzumelden!«, ruft Lilly mir hinterher. »Das kann sie nämlich überhaupt nicht leiden!«

Oh stimmt, das hätte ich jetzt tatsächlich vergessen. Mit Frau Schneider-Schnutzel sollte man es sich nicht verscherzen. Sie ist die Sekretärin hier in St. Fidibus. Und sie ist sehr streng, wenn es um die Vorschriften geht.

»Mach ich!«, rufe ich zurück. »Danke fürs Erinnern!«

Ich biege nach rechts ab in Richtung Sekretariat.

Als ich es betrete, sitzt Frau Schneider-Schnutzel an ihrem Schreibtisch und schiebt sich ein Stück Schokolade in den Mund. In meiner Tasche raschelt es – Cornibus hat die Schokolade gerochen. Ich schüttele die Tasche kurz und zische ihm leise zu, dass er bloß nicht auf dumme Ideen kommen soll.

»Guten Morgen«, begrüße ich Frau Schneider-Schnutzel. »Ich bin wieder da.«

»Ah, Herr von Schnurbtatas«, sagt sie.

»Turbsnatas«, verbessere ich sie.

»Wie auch immer«, erwidert sie und steht auf. »Tragen Sie sich bitte hier ein.«

Sie schiebt mir eine Liste und einen Kugelschreiber entgegen und zeigt auf ein leeres Feld auf dem Blatt. Ich schreibe meinen Namen hinein und schiebe die Liste zu ihr zurück.

»Das nächste Mal bitte etwas ordentlicher«, meint sie mit skeptischem Blick auf meine Unterschrift.

»Okay, ich werd's versuchen«, sage ich. »Einen schönen Tag noch, Frau Schneider-Schnutzel.«

Ich drehe mich um und gehe zwei Schritte auf den Ausgang zu.

»Moment, nicht so schnell, Herr von Tarbsnutlas«, hält mich die schneidende Stimme von Frau Schneider-Schnutzel zurück. »Erst sagen Sie mir, was dadrin ist.«

Sie zeigt auf meine Tasche. Oh Mist. Hat sie etwa das Rascheln von Cornibus bemerkt?

»Äh … das … das ist …«, stammele ich auf der Suche nach einer Antwort. »Das ist nur meine Tasche. Da sind … Da sind nur dreckige Klamotten und stinkende

Socken drin. Unsere Waschmaschine ist kaputt, deswegen konnte ich sie nicht mehr waschen.«

»Ich meine nicht die Tasche«, sagt Frau Schneider-Schnutzel. »Ich will wissen, was in der Tupperdose ist.«

Tupperdose? Was ist das denn? Ich werfe einen Blick auf meine Tasche. Eine Ecke des Plastikbehälters mit den Kakerlakenflügeln schaut heraus. Meint sie vielleicht das?

»Hier drin?«, frage ich und ziehe das Ding aus meiner Tasche.

»Ja«, sagt sie. »Da ist doch bestimmt eine Leckerei aus Ihrer Heimat Usbekistan drin.«

»Ungarn«, verbessere ich sie.

»Wie auch immer«, entgegnet sie. »Jedenfalls interessiere ich mich sehr für kulinarische Spezialitäten aus aller Herren Länder. Vor allem Süßigkeiten. Und da sind doch bestimmt Süßigkeiten drin. Die meisten Eltern geben den Schülern ihre Lieblings-Süßigkeiten mit, wenn sie aus den Ferien zurückkommen. Dürfte ich vielleicht mal einen Blick darauf werfen? Ich habe noch nie Süßigkeiten aus Uganda gesehen.«

»Ungarn«, verbessere ich sie wieder. »Ich stamme aus Ungarn. Das sind aber keine Süßigkeiten. Das ist eher etwas … zum Knabbern.«

Ich kann ja wohl schlecht sagen, dass das total ekelhafte, in Schwefelfett gebackene Kakerlakenflügel sind.

»Oh, etwas Herzhaftes«, freut sich Frau Schneider-Schnutzel. »Das mag ich ja auch sehr gern.«

Sie schaut erwartungsvoll auf den Plastikbehälter.

»Na los«, sagt sie. »Sie dürfen die Dose gern öffnen. Ich werde Ihnen schon nicht alles wegessen.«

»Wie Sie möchten«, meine ich und hebe den Deckel von der Dose.

»Das ist aber ein strenges Aroma«, sagt Frau Schneider-Schnutzel und wedelt sich mit der Hand Luft zu.

Ach was? Ich würde ja eher sagen, das stinkt bestialisch.

»Sieht aber interessant aus«, fährt sie fort. »Das sind wohl diese berühmten ungarischen Chips, oder?«

»Äh … ja, genau«, stimme ich ihr schnell zu.

»Und warum sind die schwarz?«, will sie wissen.

»Das … äh … das ist eine Spezialität meines Vaters«, sage ich. »Die hat er selbst gemacht.«

»Auf den ersten Blick nicht sehr appetitlich. Aber ich habe mir vorgenommen, alles mindestens einmal zu probieren. Darf ich?«

Sie wartet meine Antwort gar nicht erst ab und greift sich einen Kakerlakenflügel.

»Sind die scharf?«, fragt sie und schnuppert daran. »Sie riechen irgendwie scharf.«

»Nein, eigentlich nicht«, sage ich. »Ein ganz kleines bisschen vielleicht.«

Da ist nur eine Prise Höllenpfeffer dran, soviel ich weiß. Das ist das einzige Gewürz, das bei uns unten wächst, am Ufer der Lava-Flüsse.

»Ein bisschen scharf ist gut«, sagt Frau Schneider-Schnutzel. »Das mag ich.«

Sie schiebt sich den Kakerlakenflügel in den Mund und kaut knuspernd darauf herum. Im nächsten Augenblick hört sie auf zu kauen und ihr Gesichtsausdruck ändert sich schlagartig. Ihre Augen quellen aus den Höhlen hervor wie zwei Golfbälle und ihr Kopf wird feuerrot.

»AAAAAAAH!«, schreit sie plötzlich los und hüpft auf der Stelle auf und ab. »SCHARF! SCHARF! SCHARF! SCHARF! AAAAAH!«

Was, echt? Scharf? *Das* ist ihr Problem? Nicht der total eklige Geschmack? Verstehe ich nicht. Wenn ich bei uns unten irgendetwas Scharfes essen will, kippe ich mir eine Handvoll Pfefferkörner direkt in den Mund. Und selbst dann spüre ich so gut wie gar nichts. An den Kakerlakenflügeln sind allerhöchstens drei Pfefferkörner, ich habe meinem Vater bei der Zubereitung ja zugeguckt. Und wenn ich es nicht gesehen hätte, hätte ich wahrscheinlich gar nicht gemerkt, dass da Pfeffer dran ist. Aber vielleicht ist man hier oben irgendwie empfindlicher, wenn es um Schärfe geht. Seltsam.

Frau Schneider-Schnutzel hüpft schreiend auf ihren Schreibtisch zu und greift nach einer Flasche Wasser. Sie nimmt ein paar tiefe Züge und lässt das Wasser dann einfach über ihren Kopf laufen.

Die Tür zum Büro von Direktor Hasenfuß öffnet sich.

»Was ist denn das für ein Geschrei hier?«, fragt er.

Frau Schneider-Schnutzel schreit immer noch. Die Flasche Wasser ist mittlerweile leer, sie hüpft panisch durch den Raum.

Hasenfuß sieht mich grimmig an.

»Herr von Turbsnatas«, sagt er. »Was haben Sie mit Frau Schneider-Schnutzel gemacht?«

»Gar nichts habe ich mit ihr gemacht«, wehre ich mich. »Sie hat nur etwas Scharfes gegessen.«

»Ach so«, sagt Hasenfuß und grinst. »Kein Wunder. Frauen und scharfes Essen, das passt einfach nicht zusammen. Die weiblichen Geschmacksrezeptoren halten nichts aus, das ist biologisch bedingt. Bei Männern ist das etwas ganz anderes. Wir sind quasi dafür geschaffen, scharf zu essen. Ich zum Beispiel bestelle beim Thailänder immer extra scharf. Da fangen selbst manche Männer schon an zu weinen. Mir macht das nichts aus.«

Sein Blick fällt auf meine offene Tupperdose.

»Davon hat sie gegessen?«, fragt er.

Ich nicke.

»Na, so schlimm kann das ja wohl nicht sein«, sagt

er. »Jetzt stellen Sie sich mal nicht so an, Frau Schneider-Schnutzel. Sehen Sie, so macht man das.«

Er schnappt sich gleich drei Kakerlakenflügel auf einmal und stopft sie sich in den Mund.

»Ein biffchen Selftbeherrschung, Frau Schneider-Schnutfel«, sagt er mit vollem Mund. »Aber daf ift ja auch nicht unbedingt eine weibliche …«

Sein Mund friert mitten im Satz ein und bewegt sich nicht mehr. Dafür fängt sein linkes Auge wild an zu zucken. Millionen von Schweißtropfen erscheinen auf seiner knallroten Stirn.

»AAAAAAAAAAAH!«, brüllt er los. »FEUER! FEUER! HILFE! ICH VERBRENNE! AAAAAAAAH!«

Er sieht sich panisch im Raum um. Sein Blick fällt auf eine kleine Gießkanne, die zwischen zwei Blumentöpfen auf der Fensterbank steht. Im selben Augenblick entdeckt auch Frau Schneider-Schnutzel diese. Beide stürzen darauf zu und erreichen sie gleichzeitig. Ein zähes Zerren und Ringen um die Kanne beginnt. Ich beobachte es fassungslos und fasziniert zugleich.

Okay, wieder etwas gelernt. Hier oben hat man mit

scharfem Essen offenbar Probleme – egal, ob Mann oder Frau. Bei uns unten würde so etwas nie passieren. Ein Dämon könnte sich den kompletten Inhalt dieser Tupperdose auf einmal in den Rachen kippen und würde sofort lachend nach mehr schreien. Moment mal. Das wäre doch … Ja, das ist es! So kann ich vielleicht herausfinden, wer hier oben der Spion ist! Ich lasse einfach jeden Erwachsenen die Kakerlakenflügel probieren. Wenn danach jemand anfängt zu schreien und sich um jeden Tropfen Wasser kloppt, ist er definitiv kein Dämon. Wenn ich aber jemanden finde, der die Dinger, ohne eine Miene zu verziehen, runterkriegt, dann ist er definitiv ein Dämon und somit der Spion. Ja, das ist ein sehr guter Plan. Und auf diese Weise hat mein Vater mir sogar dabei geholfen, seinen eigenen Spion zu entlarven. Sehr cool. Die einzige Schwierigkeit dabei wird sein, Cornibus davon abzuhalten, die Dinger aufzufressen. Das heißt, ich muss noch mehr Schokolade kaufen, damit er abgelenkt ist und gar nicht erst auf die Idee kommt. Das mache ich gleich nachher, wenn wir vom Bahnhof zurück sind. Oder vielleicht gibt es im Dorf ja auch Schokolade? Egal, jedenfalls muss ich mich langsam beeilen, in einer halben Stunde treffe ich mich schon mit Lilly.

»Ich geh dann mal, okay?«, sage ich in Richtung der beiden immer noch an der Gießkanne zerrenden Schreihälse. »Ich muss unbedingt duschen. Die lange Reise und so, Sie wissen schon.«

»DUSCHEN!«, ruft Hasenfuß. »GANZ VIEL WASSER VON OBEN! BRILLANTE IDEE!«

Er zischt an mir vorbei aus dem Zimmer, direkt hinter ihm Frau Schneider-Schnutzel. Ich schließe den Deckel meiner Spion-Entlarvungs-Dose und folge ihnen.

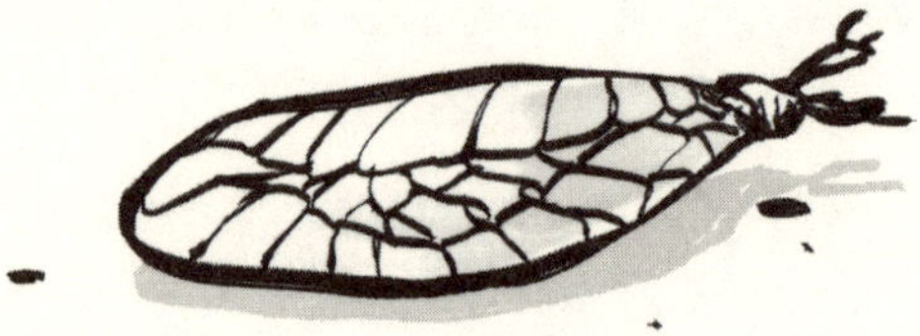

Dämonenkneten

»Und, wart ihr in den Ferien auch am Meer?«, fragt Lilly.

Wir sind auf dem Weg ins Dorf und haben gerade das Schulgelände verlassen.

»Ja«, antworte ich. »War echt toll.«

»Ja«, sagt sie. »Es ist immer toll am Meer. Aber Ungarn liegt gar nicht am Meer, oder? Also wart ihr woanders? Wohnt ihr eigentlich in einem Schloss? Ihr seid doch adelig, oder? Ist dein Vater ein König oder ein Fürst oder so was Ähnliches?«

Na ja, manche nennen ihn Höllenfürst, aber er mag diese Bezeichnung nicht. Das erinnert ihn an Abteilung 17, da sitzen bei uns die Degenerierten Adeligen, und die kann er überhaupt nicht leiden. Deshalb werden sie auch im Minutentakt beim Kuchenessen von einer unsichtbaren Guillotine geköpft.

»Nein, mein Vater ist eigentlich ganz normal«, sage ich.

»Aber ihr seid reich, oder?«, hakt Lilly nach. »Ich meine, alle Eltern der Schüler hier in St. Fidibus sind reich, sonst könnten sie sich das gar nicht leisten. Was macht denn dein Vater beruflich?«

Er quält und foltert auf bestialische Art und Weise tagtäglich Milliarden von Seelen – und hat jede Menge Spaß dabei. Aber das kann ich ja wohl schlecht zu Lilly sagen.

»Öh … er ist … Geschäftsführer«, sage ich stattdessen.

»Aha. Von einer großen Firma?«

»Äh … ja … kann man so sagen. Die haben Kunden aus der ganzen Welt.«

»Oh, cool. Dann kennt man die ja bestimmt. Wie heißt denn die Firma?«

Na super, jetzt soll ich mir auch noch schnell einen Firmennamen einfallen lassen.

»Äh … nein … die kennst du bestimmt nicht«, sage ich. »Die Firma heißt … INFERNO. Die stellen ganz spezielle Sachen her. Das ist alles streng geheim. Selbst mein Vater weiß nicht genau, was die alles produzieren.«

»Oh, das klingt ja spannend«, meint Lilly. »Wie führt man denn eine Firma, wenn man gar nicht weiß, was sie produziert?«

Ich zucke mit den Schultern, weil ich keine Lust mehr habe, mir irgendetwas einfallen zu lassen. So langsam nervt diese Fragerei ganz schön. Vielleicht sollte ich schnell das Thema wechseln? Wir laufen gerade am Sportplatz vorbei – nicht unbedingt mein Lieblingsort an der Schule. Ich erinnere mich noch zu gut an meine erste Sportstunde. Mein Vater hatte sich einen seiner fiesen Scherze erlaubt und gegenüber Direktor Hasenfuß behauptet, ich wäre an meiner alten Schule Rekordhalter im Kugelstoßen gewesen. Und Hasenfuß hatte das selbstverständlich sofort unserem Sportlehrer erzählt. Also sind wir raus auf den Sportplatz, weil er überprüfen wollte, wie gut ich tatsächlich im Kugelstoßen bin. Natürlich hatte ich noch nie so eine dämliche Kugel in der Hand gehabt, geschweige denn irgendwohin gestoßen. Ich wusste auch gar nicht, wie das geht. Aber egal, jedenfalls war ich irgendwann an der Reihe. Ich habe die Kugel an meinen Hals gewuchtet und sie gestoßen – auf den Fuß unseres Sportlehrers. Der direkt *hinter* mir stand. Ich weiß nicht, was lauter war: das Gelächter meiner Mitschüler oder das Geschrei des Lehrers.

Der Sportplatz sieht heute aber irgendwie anders aus als vor den Ferien. Der Boden ist gar nicht mehr so schön rot, sondern grün. Sieht aus wie Gras. Außerdem stehen da sehr große, seltsam aussehende Fahrzeuge am Rand des Platzes, die jede Menge Lärm machen.

»Was ist denn da los?«, frage ich Lilly und zeige auf den Sportplatz.

»Hast du das nicht mitgekriegt? Das wird der neue Rasenplatz«, antwortet Lilly. »Irgendwelche Eltern haben das komplette Geld dafür gespendet, weil sich ihr Sohn vor ein paar Monaten auf dem Hartplatz das Knie aufgeschrammt hat, als er hingefallen ist.«

»Aha«, sage ich und zeige auf die Fahrzeuge. »Und was machen diese Dinger da?«

»Du meinst die Bagger? Jetzt sag nicht, du hast noch nie einen Bagger gesehen. Die gibt es in Ungarn doch ganz sicher auch.«

»Äh … klar«, stammele ich. »Natürlich gibt es in Ungarn auch Bagger. Nur heißen sie bei uns … Dinger.«

»Bagger heißen bei euch Dinger?«, fragt Lilly verwundert.

»Ja«, antworte ich. »Bei uns heißen ganz viele Sachen Dinger. Eigentlich fast alle.«

»Aha. Sehr seltsam«, sagt Lilly und sieht mich skeptisch an. »Na ja, jedenfalls tragen die Bagger den alten Boden ab. Die Eltern des Jungen mit dem Knie haben gesehen, wie mehrere Fußballspieler auf den Boden gespuckt haben, und haben nun Angst, dass Rückstände davon die Schuhe ihres Sohns ruinieren könnten. Auf dem Rasen herrscht dann Spuckverbot.«

Wir lassen den Sportplatz hinter uns und laufen weiter.

»Und deine Mutter?«, fragt Lilly neugierig weiter. »Was macht deine Mutter?«

Mist, jetzt fängt sie schon wieder mit ihren komischen Fragen an.

»Meine Mutter?«, frage ich zurück.

Ich habe schon von Müttern gehört. Mit einem Vater zusammen nennt man sie Eltern, das gehört wohl irgendwie zusammen. Mütter werden von meinen Mitschülern ziemlich häufig erwähnt. Offenbar hat so gut wie jeder eine. Sie scheinen sehr nett zu sein und werden oft vermisst. Wozu genau sie da sind, habe ich aber noch nicht rausgefunden.

»Ja, deine Mutter«, wiederholt Lilly. »Du weißt schon, die Frau, die dich auf die Welt gebracht hat. Oder heißen Mütter bei euch etwa auch Dinger?«

Auf die Welt gebracht? Was soll das denn bedeuten? Ist das so was Ähnliches wie bei uns unten das Dämonenkneten? Wenn mein Vater neue Dämonen braucht, geht er an den großen Lava-See und holt sich eine Schubkarre voll glühender Erde. Daraus knetet er kleine Mini-Dämonen, die er dann mit Dämonenkraft füllt und an die Wand wirft. Das gibt immer einen lustigen, lauten Knall und im nächsten Moment steht ein ausgewachsener Dämon vor einem. Und soweit ich weiß, bin ich auch so auf die Welt gekommen. Wobei meine glühende Erde von einem speziellen und streng geheimen Platz in der Hölle stammt, den nur mein Vater kennt. Deswegen bin ich kein normaler Dämon, sondern etwas Besonderes, nämlich sein Sohn. So hat er es mir zumindest immer erklärt – von einer Mutter war jedenfalls nie die Rede.

»Ich habe keine Mutter«, sage ich deshalb.

Lilly bleibt stehen.

»Oh, das tut mir leid«, sagt sie. »Das wusste ich nicht.«

Es tut ihr leid? Wieso das denn? Ist es so schlimm, keine Mutter zu haben? Sollte ich mir vielleicht noch eine zulegen? Wo kriegt man die denn? Sind die teuer?

»Ich habe auch keine Mutter mehr«, erzählt Lilly traurig. »Sie ist bei meiner Geburt gestorben.«

Oh. Sterben ist hier oben nichts Gutes. So viel weiß ich. Wenn Leute sterben, kommen sie zu uns. Oder zum CEO. Jedenfalls sind sie dann nicht mehr hier und werden meistens von jemandem vermisst. Bestimmt vermisst Lilly ihre Mutter und ist deswegen traurig. Was macht man denn in so einem Fall? Ich glaube, wenn Leute traurig sind, muss man sie trösten. Aber wie funktioniert das? Ich habe mal beobachtet, wie Hasenfuß einem Schüler die Schulter gestreichelt hat, als dieser weinen musste, weil er für ein Referat keine Eins gekriegt hat. Vielleicht sollte ich das auch probieren?

Ich lege meine Hand auf Lillys Schulter. In dem Moment, als ich sie berühre, durchzuckt ein kleiner Blitz meine Hand.

»AUA!«, ruft Lilly und springt erschreckt zur Seite.

Allerdings AUA! Das tat richtig weh! Was war das denn? Ich habe hoffentlich nicht aus Versehen irgendeinen Dämonenspruch angewandt und Lilly verwandelt

sich gleich in eine Kröte oder so. Ich sehe sie an. Nein, alles okay, Lilly ist unverändert.

»Sorry«, rufe ich. »Das wollte ich nicht.«

»Ich weiß«, sagt Lilly und reibt sich die Schulter. »Das war eine elektrostatische Entladung. Einer von uns beiden war wohl aufgeladen. Das passiert manchmal. Aber dass es so wehtun kann, wusste ich nicht.«

Elektrostatische Entladung? Also irgendwas mit Strom? Ich verstehe kein Wort. Aber egal, Hauptsache, ich war nicht daran schuld.

»Ist deine Mutter schon lange tot?«, fragt Lilly leise.

»Äh … auch seit meiner Geburt«, sage ich, weil mir auf die Schnelle nichts anderes einfällt.

Hoffentlich hakt sie jetzt nicht nach – ich muss Aaron nachher gleich mal fragen, was eine Geburt ist.

»Dann bist du also ganz allein bei deinem Vater aufgewachsen?«, will Lilly wissen.

Ja. Und bei geschätzten zwei Millionen Dämonen.

Ich nicke.

»Ich kenne meinen Vater gar nicht«, fährt sie fort. »Er ist abgehauen, bevor ich zur Welt kam. Mein Onkel hat sich immer um mich gekümmert.«

»Ich mag deinen Onkel«, sage ich. »Er ist immer nett zu mir und verkauft mir Schokolade.«

»Ja«, sagt Lilly und lacht. »Das ist natürlich ein sehr guter Grund, um jemanden zu mögen. Aber ich mag ihn ja auch, sehr sogar. Auch wenn er manchmal ein bisschen zu ängstlich ist, wenn es um mich geht. Ich darf keine drei Schritte machen, ohne dass er weiß, wohin ich gehe.«

»Er passt eben auf dich auf«, entgegne ich. »Das ist doch gut.«

»Ja«, sagt Lilly. »Aber das kann auch ganz schön nerven. Wenn ich nur fünf Minuten nach der verabredeten Zeit nach Hause komme, hat er schon das Telefon in der Hand, um die Polizei zu rufen.«

»Er will dich doch nur beschützen«, sage ich. »Es gibt so viele böse Menschen auf der Welt.«

Die wahrscheinlich nicht so böse wären, wenn sie wüssten, was sie bei uns unten erwartet. Eigentlich müsste jeder Mensch schon zu Lebzeiten mal einen Tag bei uns verbringen – dann wäre es in der Hölle ganz sicher nicht so voll.

»Ich weiß«, seufzt Lilly. »Aber ich kann auch ganz gut auf mich selbst aufpassen.«

Wir überqueren einen kleinen Hügel, als vor uns eine Ansammlung von Häusern auftaucht.

»Ist das das Dorf?«, frage ich.

»Ach, stimmt«, sagt Lilly. »Du warst ja noch gar nicht hier. Ja, das ist das Dorf. Da drüben ist meine Schule.«

Sie zeigt auf ein größeres Gebäude. Stimmt, Lilly geht ja auf eine andere Schule, weil in St. Fidibus nur Jungs erlaubt sind, das vergesse ich immer wieder.

»Und da drüben ist der Bahnhof«, erklärt Lilly und deutet in die entgegengesetzte Richtung. »Wir müssen uns ein bisschen beeilen, der Zug kommt in zehn Minuten. Wenn du magst, können wir ja auf dem Rückweg durchs Dorf gehen, da ist eine hübsche, kleine Fußgängerzone. Da gibt es sogar ein Schokoladengeschäft.«

Ein Geschäft nur für Schokolade? Das klingt allerdings sehr verlockend.

»Klar, gerne«, stimme ich zu, mit einem breiten Grinsen im Gesicht.

Kurze Zeit später stehen wir am Bahnhof. So etwas gibt es bei uns unten auch, in Abteilung 57. Allerdings fahren da keine Züge. Dort sitzen bei uns die Betreiber Öffentlicher Verkehrsmittel, besser gesagt, dort stehen sie. Sie kriegen alle eingetrichtert, dass sie zu einem lebenswichtigen Termin müssen, aber es kommt nie ein Zug, nur alle drei Tage eine kurze Ansage, dass sich die nächste Bahn aus unbekannten Gründen um fünf Minuten verspätet. Und während sie dort stehen und vergeblich warten, werden sie noch von laut grölenden Dämonen, die als Fußballfans verkleidet sind, mit Bierdosen beworfen und einmal pro Stunde angepinkelt. Hier oben gibt es keine Dämonen und auch keine Fußballfans, es stehen nur ein paar Leute herum.

»Da kommt der Zug«, sagt Lilly und zeigt nach links.

Ein riesiges Ungetüm kommt in unsere Richtung gerollt. Das ist also ein Zug? Ziemlich beeindruckend. Er wird langsamer und bleibt schließlich stehen. Ganz viele

Türen öffnen sich und Leute steigen aus. Einige davon kenne ich, es sind Jungs aus St. Fidibus. Lilly schaut besorgt abwechselnd nach links und nach rechts.

»Siehst du Aaron irgendwo?«, fragt sie.

Ich strecke mich und halte Ausschau nach ihm.

»AUA!«, höre ich ein paar Meter entfernt jemanden schreien. »Was soll denn das? Ich bin doch hier, um dir zu helfen!«

»Hab ihn gefunden«, sage ich und gehe in die Richtung, aus der das Geschrei kam.

Aaron steht zwischen zwei Männern in Bahn-Uniformen, einer davon reibt sich das Schienbein.

»Ich bitte vielmals um Verzeihung«, sagt Aaron. »Ich muss das machen, das ist ein Tick. Ein Tick.«

Ja, mit diesem Tick habe ich auch schon Bekanntschaft gemacht. Jedes Mal, wenn Aaron sich jemandem vorstellt, tritt er ihm ans Schienbein. Das tut sauweh, ist aber nicht böse gemeint. Man nennt das Zwangshandlung, hat Aaron mir erklärt. Er hat noch ein paar mehr davon, aber die sind größtenteils harmlos. Bevor er morgens aus dem Bett steigt, muss er zum Beispiel zuerst mit beiden Füßen abwechselnd hundertmal den Boden berühren. Oder wenn er etwas isst, dann kaut er jeden Bissen genau dreiundvierzigmal, bevor er ihn runterschluckt. Warum er das alles macht, weiß er selbst nicht, das ist einfach so.

»Mich hat er auch gleich bei der Übergabe getreten«, sagt der andere Mann in Uniform. »Der Junge ist gemeingefährlich. Aber jetzt ist er zum Glück dein Problem. Hiermit übergebe ich ihn dir hochoffiziell. Du musst ihn in St. Fidibus im Sekretariat abliefern.«

»Das machen wir!«, verkündet Lilly und stapft an mir vorbei auf die Männer zu. »Und Aaron ist überhaupt nicht gefährlich! Er ist nur hochintelligent!«

Sie schnappt sich Aarons Hand und zieht ihn ein Stück von den beiden weg.

»Hallo, Lilly. Hallo, Vitus«, sagt Aaron und winkt mir zu. »Schön, dass ihr gekommen seid. Gekommen seid.«

»Hallo, Aaron«, begrüße ich ihn. »Geht's dir gut?«

»Den Umständen entsprechend«, meint Aaron. »In der Klinik haben sie ein Loch in meinen Kopf gebohrt, um mein Gehirn zu untersuchen. Jetzt habe ich noch mehr Ticks. Noch mehr Ticks.«

»Cool«, sage ich. »Zeig mal.«

»Kratz mich mal am Hinterkopf. Hinterkopf«, bittet Aaron.

Ich mache es und Aaron stößt einen anhaltenden schrillen Heulton aus. Die beiden Männer in Uniform halten sich die Ohren zu.

»Interessant«, sage ich und höre mit dem Kraulen auf. »Wir könnten dich ab sofort in der Schule als Pausen-Sirene benutzen.«

Aaron lacht.

»Ihr kennt diesen Spinner also?«, fragt einer der beiden Männer.

»Er ist kein Spinner!«, ruft Lilly. »Wenn Sie das noch mal sagen, werde ich mich bei Ihrem Vorgesetzten beschweren!«

Die beiden Männer sehen sich kurz an und fangen dann laut an zu lachen.

»Ja, mach das!«, meint der eine. »Du kannst aber genauso gut einen Lottoschein mit nur einem Kreuz abgeben – die Chancen, damit etwas zu erreichen, sind wesentlich höher!«

Die beiden biegen sich vor Lachen und kriegen sich kaum noch ein.

Ich überlege kurz, was ich diesen Idioten auf die Schnelle Böses antun könnte, lasse es dann aber. Sie kommen irgendwann sowieso zu uns nach unten und

landen in Abteilung 12. Dort sitzen bei uns die Unverschämten Dienstleister und Beamten in einem Café, in dem sie schlecht bis gar nicht bedient werden. Und wenn sie auf Toilette müssen, müssen sie ein tausendseitiges Antragsformular ausfüllen und werden damit kreuz und quer durch die Hölle geschickt.

»Sehr witzig«, sagt Lilly. »Ich kann mir auch eine Zahl von eins bis zehn aussuchen und hätte mich bei der Höhe Ihres gemeinsamen IQs immer noch überschätzt. Komm, Aaron, wir gehen.«

Lilly nimmt wieder Aarons Hand. Wir drehen uns um und entfernen uns von den beiden Idioten.

»Wartet«, sagt Aaron leise zu uns. »Ich habe noch einen neuen Tick, den ich euch unbedingt zeigen will. Zeigen will.«

Er geht zurück und stellt sich vor einen der Männer.

»Vielen Dank für die professionelle Begleitung«, sagt er und streckt ihm eine Hand entgegen. »Ich werde meinen Eltern berichten, dass Sie mich wohlbehalten hier abgeliefert haben. Auf Wiedersehen. Wiedersehen.«

»Äh … ja … ähm«, stammelt der Mann und greift nach Aarons Hand. »Nichts für ungut. Auf Wiederse… UMPF!«

Für die letzte Silbe fehlt ihm die Luft. Aaron hat ihm mit der freien Hand in den Bauch geboxt.

»Verzeihung«, sagt Aaron und kann sich ein Grinsen dabei nicht verkneifen. »Ich muss das machen, das ist ein Tick. Ein Tick.«

Lilly schnappt ihn an der Hand und wir flitzen schnell davon. Die beiden brüllen uns noch irgendetwas hinterher, aber wir verstehen nichts, weil wir so laut lachen müssen. Wir rennen lachend durch das Bahnhofsgebäude und bleiben erst draußen vor dem Eingang stehen.

»Das war … großartig!«, sage ich, vor Lachen japsend. »Ist das … wirklich … ein Tick … oder hast du … nur so getan?«

»Das ist wirklich ein neuer Tick«, erklärt Aaron kichernd. »Das passiert jedes Mal, wenn mir jemand die Hand gibt und Auf Wiedersehen sagt. Wiedersehen sagt.«

»Das hat er aber auch verdient«, meint Lilly lachend. »Habt ihr sein Gesicht gesehen? Und der andere hat geguckt wie ein Auto.«

»Na, ihr«, erklingt eine Stimme hinter uns. »Freut ihr euch so sehr auf den ersten Schultag oder was gibt es hier zu lachen?«

Wir drehen uns um. Es ist Gustav. Er ist in meiner Klasse und hat mir geholfen, mich in St. Fidibus einzugewöhnen.

Wir begrüßen ihn freudig und erzählen ihm die Geschichte mit den zwei Idioten.

»Haha! Sehr gut!«, ruft er und lacht mit. »Da wäre ich gern dabei gewesen.«

»Warst du auch im Zug? Im Zug?«, fragt Aaron.

»Ja«, bestätigt Gustav. »Du auch? Schade, dass wir uns nicht gesehen haben. Ich war ganz hinten.«

»Und ich ganz vorne. Ganz vorne«, sagt Aaron.

»Kommt ihr mit?«, fragt Lilly. »Ich wollte Vitus auf dem Rückweg noch die Fußgängerzone zeigen.«

Aaron und Gustav nicken und wir laufen los. Genau das habe ich in den Ferien unten in der Hölle vermisst – einen Spaziergang im Sonnenschein an der frischen Luft mit meinen drei Lieblingsmenschen.

Kurzfristig benötigte Entscheidungen

Ein paar Minuten später laufen wir durch die Fußgängerzone. Hier gibt es ganz viele Läden, in denen man lauter tolle Sachen kaufen kann. Eben sind wir gerade an einem Geschäft vorbeigelaufen, in dem man Schuhe kaufen kann. Und es gibt tatsächlich einen Laden, der nur Schokolade verkauft. Ich habe gleich mal zehn Tafeln geholt, da wird sich Cornibus riesig freuen. Hoffentlich macht er keinen Unfug in meinem Zimmer, weil ich so lang weg bin. Oh, was ist das denn? Rechts von uns sehe ich ein Geschäft, in dem ganz viele Smartphones im Fenster liegen. Vielleicht kriege ich da ja die Sachen, die ich für Steven holen soll.

»Können wir da mal kurz reingehen?«, frage ich die anderen. »Ich will etwas kaufen.«

»Oh, kaufst du dir endlich ein Handy?«, staunt Lilly. »Die scheint's ja in Ungarn auch nicht zu geben.«

»Äh … doch, natürlich gibt es in Ungarn auch Handys«, erwidere ich. »Aber die sind nicht so gut wie die hier. Ich will eins mit einem Apfel drauf. Bei uns gibt's nur welche mit Bananen.«

»Haha! Der war gut!«, sagt Gustav lachend und klopft mir auf die Schulter. »Bananen! Den muss ich mir merken!«

Ich weiß zwar nicht genau, was daran jetzt so lustig war, lache aber mal laut mit.

Wir betreten das Geschäft. Hinter einem kleinen Tresen steht ein Mann in einem Anzug und tippt auf einem Smartphone herum. Er blickt kurz zu uns auf.

»Kann ich euch helfen?«, fragt er.

»Ja«, antworte ich. »Ich möchte ein Smartphone und ein Tablet kaufen. Und da sollte ein Apfel drauf sein.«

Der Mann blickt wieder von seinem Smartphone auf, diesmal etwas länger.

»Ihr seid von St. Fidibus, oder?«, fragt er.

Wir nicken.

»Okay, dann sollte Geld ja keine Rolle spielen«, meint er grinsend und legt sein Handy beiseite. »Ein Smartphone und ein Tablet hast du gesagt?«

»Ja«, antworte ich. »Die neuesten Modelle, bitte. Und den Apfel nicht vergessen.«

Der Verkäufer holt zwei Schachteln aus einem Regal.

»Dann brauchst du doch sicher auch einen Vertrag dafür?«, fragt er. »Am besten mit Zweitkarte für das Tablet. Wird dann auch billiger.«

Ich sehe ihn fragend an.

»Na, du willst doch sicher ins Netz mit deinem neuen Smartphone«, sagt er. »Ich kann dir einen sehr guten Vertrag anbieten, zwei Jahre Laufzeit, Flatrate in alle Netze und fünf Gigabyte Datenvolumen für 29,90.«

Jetzt sehe ich die anderen fragend an.

»Das ist in Ordnung«, meint Aaron. »So einen ähnlichen Vertrag habe ich auch. Habe ich auch.«

»Okay, dann machen wir das«, stimme ich zu.

»Als Anschrift nehmen wir St. Fidibus. Dorthin werden auch in den nächsten Tagen die SIM-Karten geschickt, dann kannst du loslegen«, sagt der Verkäufer. »Ich drucke den Vertrag gleich aus. Du musst ihn nur von deinem Vater oder deiner Mutter unterschreiben lassen, dann kriegst du deine Geräte.«

Wie bitte, was? Mein Vater soll etwas unterschreiben? Wieso das denn? Das geht nicht. Erstens darf er nicht wissen, dass ich die Sachen für Steven kaufe. Und zweitens hasst er es, etwas zu unterschreiben. Onkel Gabriel ist ihm einmal über zwei Jahre wegen einer einzigen

Unterschrift hinterhergerannt. Nein, mein Vater muss da unbedingt rausgehalten werden. Und Mutter habe ich ja keine.

»Das geht nicht«, sage ich zu dem Verkäufer. »Können Sie da nicht mal eine Ausnahme machen?«

»Sein Vater wohnt in Ungarn«, erklärt Lilly. »Kann vielleicht auch der Direktor der Schule unterschreiben? Oder ein Lehrer?«

»Nein, das darf ich leider nicht machen«, sagt der Verkäufer. »Ich brauche die Unterschrift eines Erziehungsberechtigten. Er ist ja noch minderjährig und somit nicht geschäftsfähig. Der Vertrag wäre ungültig und ich könnte sehr viel Ärger kriegen.«

»Und wenn ich die Unterschrift meines Vaters nachmache?«, frage ich. »Die kann sowieso niemand lesen. Da könnte genauso gut ein Eichhörnchen unterschreiben.«

»Tut mir leid«, sagt der Verkäufer und lacht kurz. »Das kann ich nicht machen. Da komme ich in Teufels Küche.«

Das wäre ja praktisch, dann könnte er sich die Unterschrift gleich selbst abholen. Mist. Was mache ich denn jetzt? Steven rechnet doch fest damit, dass ich ihm die Sachen mitbringe. Und so ein Smartphone zu haben, wäre schon cool. Jetzt liegt es direkt vor mir, aber ich komme nicht dran. Vielleicht könnte ich ja … Einen Versuch wäre es wert. Aber das geht nicht vor den anderen.

»Hätten Sie hier vielleicht eine Toilette?«, frage ich den Verkäufer. »Ich müsste mal dringend.«

»Wir haben eigentlich keine Kundentoilette«, sagt der Verkäufer. »Aber in diesem Fall kann ich schon mal eine Ausnahme machen.«

Er öffnet eine Tür hinter dem Tresen.

»Da durch und gleich die erste Tür links«, erklärt er.

»Alles klar, bin gleich wieder da«, sage ich.

Ich folge seinen Anweisungen und schließe schnell die Tür der Toilette hinter mir. Ich ziehe das Handbuch für junge Dämonen aus meiner hinteren Hosentasche. Onkel Gabriel hat es mir vor meinem ersten Schultag in St. Fidibus gegeben. Da stehen jede Menge Dämonensprüche drin. Ein paar davon haben sich schon als sehr nützlich erwiesen, deswegen habe ich es jetzt immer dabei.

Ich setze mich auf den Toilettendeckel und blättere hektisch in dem Buch. Da ist doch sicher irgendetwas dabei, das mir mit dem Verkäufer helfen kann.

Der Fingerzeig der fatalen Freude. Cool, damit kann ich jemanden außer Gefecht setzen, indem er sich kaputtlacht. Aber das ist nicht das Richtige in diesem Fall. **Der Ellenbogen des Ekels**. Auch nicht schlecht, damit kann ich erreichen, dass sich jemand vor sich selbst ekelt. Aber das passt jetzt auch nicht. Moment mal, was ist das denn? Die Zunge der zeitweisen Zustimmung? Das klingt interessant.

Hat zur Folge, dass das Objekt für fünf Minuten allem zustimmt, was gewünscht wird, und sich hinterher an nichts mehr erinnern kann. Wird häufig für kurzfristig benötigte Entscheidungen zu eigenen Gunsten in Konstellation mit einem Objekt anderer Meinung verwendet.

Na, das ist doch perfekt. Und fünf Minuten müssten vollkommen reichen. Ich sage den dazugehörigen Spruch leise ein paarmal vor mich her, bis ich ihn auswendig kann, und stecke das Buch zurück in meine Tasche.

»Entschuldigung!«, rufe ich nach draußen. »Könnten Sie mal kurz kommen? Mir ist da leider ein Missgeschick passiert!«

Einen kleinen Haken gibt es bei diesem Dämonenspruch nämlich leider – damit er funktioniert, muss ich den Verkäufer mit der Zunge im Gesicht berühren, bevor ich den Spruch aufsage. Aber dafür habe ich schon einen Plan.

Er kommt in die Toilette.

»Was ist denn passiert?«, fragt er.

»Das … Das ist mir ein bisschen peinlich«, sage ich. »Darf ich es Ihnen ins Ohr flüstern?«

»Klar, kein Problem«, meint er und beugt sich zu mir herunter.

Ich rücke mit dem Mund ganz dicht an sein Ohr heran und stupse kurz mit der Zungenspitze an sein Ohrläppchen.

Er zuckt erschreckt zusammen und sieht mich angewidert an. Bevor er etwas sagen kann, lasse ich aber schon den Spruch los.

»Ich habe recht, das ist wohl klar! Drum sagst du fortan immer Ja!«

Der Verkäufer kriegt kurz glasige Augen, dann schüttelt er sich.

»Alles in Ordnung?«, frage ich ihn.

»Ja.«

»Sollen wir dann rausgehen und den Vertrag fertig machen?«

»Ja.«

Perfekt, es scheint zu klappen.

Ich folge ihm zurück in den Verkaufsraum. Lilly, Aaron und Gustav sehen mich fragend an, ich zwinkere ihnen grinsend zu.

»Dann ist ja alles geklärt«, sage ich. »Wo muss ich unterschreiben? Hier?«

»Ja.«

Ich unterschreibe den Vertrag zweimal und der Verkäufer gibt mir eine Kopie.

»Ich muss noch bezahlen«, sage ich.

»Ja.«

Ich könnte auch ganz leicht, ohne zu bezahlen, hier rausspazieren, aber das mache ich natürlich nicht. Es geht mir schließlich nicht darum, den Mann zu betrügen, das wäre ja fies. Außerdem fänden die anderen das sicher seltsam, vor allem Lilly.

Ich rechne schnell zusammen, was auf den Preisschildern steht.

»Das sind dann insgesamt 1 250?«, frage ich.

»Ja«, antwortet der Verkäufer.

Ich lege drei von den großen lila Geldscheinen auf den Tresen.

»Behalten Sie den Rest«, sage ich. »Kann ich bitte eine Tüte haben?«

»Ja.«

Der Verkäufer packt das Handy und das Tablet in eine Tüte und gibt sie mir.

»Vielen Dank«, sage ich. »Auf Wiedersehen.«

»Ja.«

Ich gehe an den anderen vorbei auf die Tür zu – sie starren mich mit großen Augen an.

»Was ist?«, frage ich. »Kommt ihr?«

Ich verlasse den Laden, die anderen folgen mir. Als wir ein paar Schritte entfernt sind, legt Lilly sofort los.

»Was war das denn eben?«, will sie wissen. »Was hast du mit dem Mann gemacht? Zuerst besteht er auf die Unterschrift deines Vaters und dann geht es plötzlich auch ohne? Das war doch nicht normal.«

»Vielleicht hat er ihn hypnotisiert«, sagt Aaron. »So wie Torben und die anderen. Und die anderen.«

Nein, diese Ausrede kann ich nicht noch mal bringen. Bei Torben habe ich den Tanz der Starre angewandt, das war etwas anderes.

»Was denn?«, frage ich mit Unschuldsmiene zurück. »Er hat es sich eben anders überlegt, das kann doch mal vorkommen. Ich fand ihn sehr nett.«

»Aha«, sagt Lilly. »Und wieso hat er es sich erst anders überlegt, nachdem du mit ihm allein dahinten warst? Da stimmt doch was nicht. Irgendwas ist da passiert. Als er wieder rauskam, war er wie verwandelt.«

»Ach, Quatsch«, meine ich. »Das bildest du dir nur ein. Ich habe ihn nur ein bisschen angebettelt und so getan, als würde ich heulen, dann ist er weich geworden.«

»Das ist eine gute Taktik«, sagt Gustav. »Das zieht bei meinen Eltern auch meistens.«

Danke, Gustav. Meine Erklärung ist somit untermauert und plausibel.

»Ich weiß nicht«, sagt Lilly mit skeptischem Blick. »Der war doch wie ferngesteuert. Irgendwas hast du mit ihm gemacht. Ich komme schon noch dahinter, was mit dir nicht …«

Sie bleibt stehen, verzieht ihr Gesicht und fasst sich an die Schläfe.

»Was ist denn?«, frage ich. »Alles okay bei dir?«

»Ja … nein … ich weiß nicht«, antwortet sie. »Es ist … Ich habe so ein … ungutes Gefühl. Keine Ahnung, woher das plötzlich kommt, so etwas hatte ich noch nie.«

»Das geht bestimmt gleich vorbei«, meint Aaron. »Ich habe das auch manchmal. Die Ärzte sagen, das liegt daran, dass mein Gehirn zu viele Kapazitäten ausschöpft. Es denkt zu viel auf einmal und dann tut es weh. Tut es weh.«

»Oder du musst dich einfach ein bisschen ausruhen«, sagt Gustav. »Lasst uns zur Schule gehen. Ich wollte vor dem Abendessen auch noch ein kleines Nickerchen machen, die Zugfahrt war sehr lang.«

»Ja, wahrscheinlich habt ihr recht«, sagt Lilly.

Wir laufen weiter bis ans Ende der Fußgängerzone, als Lilly plötzlich aufstöhnt und sich wieder an die Schläfe fasst.

»Jungs«, beginnt sie. »Fragt mich bitte nicht, warum, aber ich glaube, es ist besser, wenn wir umdrehen und über den Bahnhof zurücklaufen.«

»Was? Wieso denn?«, fragt Gustav. »Wir müssen doch nur da vorne links, und dann sind wir schon auf dem Weg, der direkt zur Schule führt.«

»Wenn wir zurücklaufen, brauchen wir geschätzte 12,3 Minuten länger«, pflichtet Aaron Gustav bei. »Und unser Energieverbrauch steigt um 38 Prozent. 38 Prozent.«

Ich habe eigentlich auch keine Lust auf einen Umweg. Cornibus wartet sicher schon ganz ungeduldig auf mich.

»Was ist denn das Problem, wenn wir den kürzeren Weg nehmen?«, frage ich Lilly.

»Ich weiß es nicht«, antwortet sie. »Aber da ist irgendwas. Und es ist nichts Gutes. Ich weiß, das klingt verrückt, aber ich kann es spüren.«

»Ich spüre auch manchmal so etwas«, sagt Aaron.

»Aber meistens muss ich dann nur pupsen und es ist wieder vorbei. Wieder vorbei.«

»Na, siehst du«, sage ich zu Lilly. »Wir gehen jetzt einfach auf dem kürzesten Weg zurück, und wenn wir da sind, spürst du wahrscheinlich schon gar nichts mehr.«

»Na gut«, gibt Lilly seufzend nach. »Ihr habt bestimmt recht, da ist nichts. Ich weiß auch nicht, was heute mit mir los ist.«

Wir gehen bis ans Ende der Straße. Ab hier gibt es keine Häuser mehr und ein kleiner asphaltierter Weg führt weiter. Als wir an einer kleinen Gruppe von Bäumen und Sträuchern vorbeilaufen, hören wir plötzlich eine aufgeregt klingende Stimme von rechts.

»Aber ich hab euch doch gar nichts getan!«, ruft jemand. »Was wollt ihr denn von mir?«

Ich kenne diese Stimme irgendwoher. Aber normalerweise klingt sie nicht so schrill. Wir bleiben stehen.

»Ich hab's euch doch gesagt«, zischt Lilly uns leise zu. »Das hört sich nach Ärger an.«

»Kommt, lasst uns schnell weitergehen«, flüstert Gustav. »Wir haben schließlich überhaupt nichts damit zu tun.«

Ich will aber nicht weitergehen. Ich will wissen, was da los ist. Vielleicht passiert da ja irgendwas Böses.

Ich schleiche langsam an die Bäume und Büsche heran.

»Vitus! Bleib hier!«, zischt mir Lilly hinterher, während Aaron mir folgt.

Ach, stimmt ja, Aaron hat keine Angst. Das ist irgendein Gen-Defekt, hat er gesagt.

Die Stimmen werden lauter, wir pirschen uns geduckt hinter einem Busch heran, damit wir sehen können, was dort vor sich geht.

Ich sehe acht Jungs, sie sehen deutlich älter aus als wir, schätzungsweise Zehntklässler. Alle acht haben sehr weite grüne T-Shirts an, auf denen hinten große Nummern drauf sind. Sie stehen im Halbkreis um einen anderen Jungen herum, der von ihnen verdeckt wird.

»Wollt ihr Geld?«, fragt dieser Junge nun. »Ich kann euch Geld geben! Ich hab jetzt nicht so viel dabei, aber ich kann sofort zum Geldautomaten gehen!«

Verdammt, woher kenne ich bloß diese Stimme? Ich strecke mich ein Stück nach oben, um mehr sehen zu können. Okay, jetzt weiß ich, wer das ist. Ich konnte kurz seinen Pulli zwischen zwei der anderen Jungs hindurchsehen – und ich kenne nur einen Menschen, der so hässliche Pullis trägt: Das ist Torben.

»Habt ihr das gehört?«, fragt der Junge mit der Nummer 99 auf dem T-Shirt. »Er glaubt, wir wollen Geld von ihm.«

Der Kerl ist ziemlich groß. Und fast genauso breit. Er erinnert mich vom Körperbau her an eine Reihe von Dämonen, die mein Vater mal zum Spaß geknetet hat. Sie sahen aus wie riesige Würfel und Papa hat ihnen dann auch Punkte auf die Seiten gemalt. Seitdem latschen sie durch die Hölle und kriegen ständig ein Bein gestellt, um zu sehen, auf welcher Seite sie liegen bleiben.

»Es ist immer das Gleiche mit euch Fidibussen«, sagt der Kerl zu Torben. »Ihr glaubt, mit Geld könnt ihr alles regeln. Dabei ist es noch nicht mal euer eigenes Geld, sondern das eurer Eltern.«

Lilly und Gustav tauchen neben uns auf und werfen einen vorsichtigen Blick durch die Büsche.

»Auweia«, sagt Lilly. »Ist das Torben? Mit diesen Jungs sollte er sich lieber nicht anlegen. Das ist das halbe Rugby-Team aus meiner Schule, vor denen hat bei uns jeder Schiss.«

Rugby? Ist das so was Ähnliches wie bei uns unten Schädel-Rugby? Da habe ich einmal mitgespielt. Das hat auch am Anfang echt Spaß gemacht, aber hinterher war ich eine volle Stunde damit beschäftigt, meinen linken Arm und eins meiner Ohren wiederzufinden, das war mir dann auf Dauer doch zu doof.

»Ihr haltet euch alle für etwas Besseres, nur weil eure Eltern reich sind«, sagt Nummer 99. »Und das geht mir schon sehr lange auf den Sack.«

»Das ist Schranke«, flüstert Lilly. »Er ist der Anführer. Ein ganz fieser Typ.«

»Schranke?«, frage ich. »Seltsamer Name.«

»Er wird so genannt, weil beim Rugby keiner an ihm vorbeikommt«, erklärt Lilly.

»Äh … sollten wir nicht lieber abhauen?«, fragt Gustav nervös. »Ich meine, wir haben doch nichts damit zu tun, oder? Das ist Torbens Problem. Und Torben ist nicht gerade unser Freund.«

»Gerade deshalb will ich das ja sehen«, sage ich. »Ich bin gespannt, was sie mit ihm anstellen.«

Ich wende mich wieder dem Geschehen hinter dem Busch zu.

»Geht euch das nicht auch auf den Sack?«, fragt Schranke die anderen Nummern.

Alle stimmen ihm nickend oder ein kurzes Ja brüllend zu.

»Und was machen wir, wenn uns etwas auf den Sack geht?«, fragt Schranke, ohne eine Antwort abzuwarten. »Richtig! Wir greifen es an und vernichten es!«

Die Rugby-Meute stößt undefinierbare Grunzgeräusche aus. Ein paar der Jungs trommeln sich mit den Fäusten auf die Brust.

»Okay, Fidibus«, wendet sich Schranke wieder an Torben. »Weißt du, was deine Eltern dir als Nächstes kaufen dürfen?«

Er lässt laut seine Faust in seine Hand klatschen und die gesamte Meute rückt näher an Torben heran.

»Hey, jetzt hört doch mal zu, Leute«, jammert Torben. »Das ist doch echt nicht nötig. Ich hab euch doch gar nichts getan. Und ich kann auch nichts dafür, dass meine Eltern reich sind und mich hierher auf die Schule geschickt haben. Was bringt euch das denn, wenn ihr …«

»Du hast meine Frage nicht beantwortet, Fidibus«, würgt Schranke ihn ab. »Aber kein Problem, dann beantworte ich sie eben für dich.«

Seine Faust schlägt in der Mitte von Torbens Gesicht ein. Torben schreit auf, schwankt ein bisschen, bleibt aber stehen.

»Eine neue Nase«, sagt Schranke dreckig grinsend. »Deine Eltern dürfen dir als Nächstes eine neue Nase kaufen.«

Er wendet sich an seine Kumpel.

»Wer will noch mal, wer hat noch nicht?«, fragt er. »Ich schlage vor, wir machen das nach den Nummern unserer Trikots. Die 1 fängt an. Ist die 1 überhaupt da?«

»Ja hier«, ruft Nummer 1.

Er geht auf Torben zu und schlägt ihm auch ins Gesicht. Dann kommt der Nächste.

»Das ist nicht richtig«, sagt Lilly entsetzt. »Ich kann Torben zwar nicht ausstehen, aber das ist einfach nicht richtig.«

Sie hat recht. Das ist nicht richtig. Es ist einfach nur billig. Die Jungs sind zu acht und schlagen auf einen ein, der keine Chance hat, sich zu wehren. Ich meine, wo bleibt denn da die Kreativität? Ganz davon abgesehen, dass ich nicht verstanden habe, wieso sie das machen. Wofür wird Torben denn da gerade bestraft? Dafür, dass seine Eltern reich sind? Kapier ich nicht. Das hat mit meiner Auffassung von Bösesein jedenfalls nichts zu tun, das ist einfach nur unfair. Und das werde ich nicht länger tatenlos mit ansehen.

Ich trete hinter dem Busch hervor.

»Vitus, nicht!«, zischt Lilly mir hinterher, aber da ist es zu spät – Torben hat mich bereits entdeckt.

»Vitus!«, ruft er. »Zeig's diesen Hinterwäldlern! Mach mit denen das, was du mit uns gemacht hast!«

Daran habe ich auch schon gedacht. Aber der Tanz

der Starre wird hier nicht funktionieren, dafür sind es zu viele. Aber irgendetwas wird mir schon einfallen.

»Oh, was haben wir denn da?«, sagt Schranke. »Noch ein Fidibus. Und ein ganz kleiner noch dazu. Wie süß. Wahrscheinlich will er mit Geld nach uns werfen, um seinen Freund zu retten.«

»Das ist nicht mein Freund«, erkläre ich. »Ich kann ihn noch nicht mal leiden.«

»Und trotzdem willst du dir für ihn eine blutige Nase holen?«, fragt Schranke. »Nur, weil ihr auf derselben Schnösel-Schule seid? Respekt.«

»Ich will mir keine blutige Nase holen«, erwidere ich. »Ich finde nur, seine Nase ist jetzt blutig genug. Ihr habt ausreichend bewiesen, dass ihr eine Bande feiger Mistkerle seid. Lasst ihn gehen.«

»Feige?«, wiederholt Schranke. »Wir sind dieses Jahr Zweiter der U18-Schulmeisterschaft geworden. Das wird man nicht, wenn man feige ist. Und das Finale haben wir auch nur ganz knapp verloren.«

»Ach ja?«, entgegne ich. »Und die Siegermannschaft bestand aus einem einzigen Achtklässler oder was hat das damit zu tun? Ihr steht hier zu acht rum und prügelt ohne ersichtlichen Grund auf einen wehrlosen Jungen ein. Wenn das nicht feige ist, dann weiß ich nicht, wofür dieses Wort erfunden wurde.«

»Ach so, das meinst du«, sagt Schranke. »Da hast du

natürlich nicht ganz unrecht. Aber es ist doch so: Ich könnte diesen Schnösel auch locker ganz allein verprügeln. Das würde am Zustand seiner Nase nichts ändern. Aber wäre das nicht sehr egoistisch von mir? Ich bin schließlich nicht allein hier, die anderen sollen auch ihren Spaß haben. Wir sind schließlich ein Team und ein Team kämpft immer gemeinsam. Nicht wahr, Team?«

Die anderen Rugby-Jungs grunzen wieder laut und trommeln sich auf die Brust.

»Das nennt ihr also kämpfen?«, hake ich nach. »Was muss man machen, um in euer Team aufgenommen zu werden? Zehn Runden gegen ein Kaninchen boxen?«

»Okay, verstehe«, sagt Schranke und kommt dabei langsam auf mich zu. »Du hast ein Problem mit dem Kräfteverhältnis. Dann wollen wir doch gleich mal dafür sorgen, dass es eher deinen Vorstellungen entspricht.«

Er schnappt mich an den Armen, hebt mich in die Luft, als wäre ich aus Papier, trägt mich zu Torben und stellt mich neben ihm ab.

»So«, erklärt er. »Jetzt sind es acht gegen zwei. Besser?«

»Sehr witzig«, sage ich.

»Überhaupt nicht«, meint Schranke.

Im nächsten Moment kracht seine Faust auf meine Nase. AU! VERDAMMT, TUT DAS WEH! Das hatte ich mir nicht so schmerzhaft vorgestellt. Als Torben mir damals mit der Faust in den Magen geschlagen hat, tat das nicht halb so weh. Dass Nasen so empfindlich sind, hätte ich nicht gedacht. Der Schmerz ist so stark, dass mir sogar kurz schwarz vor Augen wird und ich das Gleichgewicht verliere. Als ich wieder klar sehen kann, liege ich auf dem Boden.

»Du fällst nach einem Schlag schon um?«, witzelt Schranke dreckig grinsend. »Dann bist du für unser Team leider nicht geeignet.«

»Kein Problem«, ächze ich. »Ich glaube, diese Art von Sport ist sowieso nichts für mich. Ich bin dafür nicht feige genug.«

»Es reicht, Fidibus«, knurrt Schranke mich an. »Du

hast jetzt genauso lange Zeit aufzustehen, wie Nummer 17 dafür braucht, um deinem Kumpel den nächsten Schlag zu verpassen. Wenn du dann immer noch liegst, trainieren wir unsere Schusstechnik an deinem Gesicht.«

Verdammt. Das klingt nicht gut. Wenn ein Schlag ins Gesicht schon so wehtut, wie ist das dann erst bei einem Tritt? Langsam wird mir bewusst, dass ich sehr großen Mist gebaut habe. Gegen diese Jungs habe ich nicht die geringste Chance. Und um einen geeigneten Dämonenspruch zu suchen, fehlt die Zeit.

Nummer 17 verpasst Torben den nächsten Schlag. Dieser schwankt wieder, fällt aber nicht um. Ich muss aufstehen. Wenn ich Schrankes Schuhsohle nicht von unten sehen will, muss ich unbedingt aufstehen. Ich stütze mich auf beide Arme und versuche, mich nach oben zu drücken, sacke aber kraftlos wieder zurück auf den Boden.

»Schusstraining!«, ruft Schranke. »Wer will anfangen?«

»Nein!«, höre ich Lillys Stimme. »Hört sofort damit auf!«

Sie tritt hinter dem Busch hervor, Aaron an ihrer Seite. Oh nein. Wieso sind sie nicht in ihrem Versteck geblieben? Jetzt werden sie auch noch verprügelt und es ist meine Schuld.

»Na wunderbar!«, freut sich Schranke. »Nachschub! Da muss irgendwo ein Nest sein. Siehst du das, Fidibus?

Das Kräfteverhältnis wird immer ausgeglichener. Jetzt sind wir nur noch acht gegen vier. Wobei, das eine ist ja ein Mädchen. Ich schlage keine Mädchen.«

Ich atme erleichtert auf. Gut zu wissen, dass wenigstens Lilly nicht in Gefahr ist.

»Aber unsere Nummer 18 schon«, fährt Schranke fort. »Er hat vier ältere Schwestern.«

»Ich habe die Polizei gerufen!«, erklärt Lilly und streckt Schranke ihr Handy entgegen. »Sie wird gleich hier sein!«

»Ach ja?«, fragt Schranke und wirft einen Blick auf seine Uhr. »Wann hast du sie denn angerufen?«

»Eben gerade!«, sagt Lilly bestimmt.

»Dann hast du wohl nicht einberechnet, dass wir hier

auf dem Dorf leben«, entgegnet Schranke. »Die nächste Polizeistation ist eine Stunde entfernt. Es bleiben uns also noch mindestens fünfzig Minuten, um euch fertigzumachen und dann in aller Ruhe abzuhauen.«

Schranke schnappt sich Lilly und Aaron und zerrt sie zu Torben und mir.

»So, jetzt geht das auch viel besser auf, und jeder kommt schneller dran«, sagt er. »Zwei von uns teilen sich jeweils einen.«

Sie bauen sich in Zweiergruppen vor uns auf.

»Ähm, Entschuldigung«, meint Aaron. »Sollte ich mich nicht vielleicht erst mal ordentlich vorstellen, bevor ihr mir die Nase brecht? Nase brecht?«

Oh, Aaron versucht es mit dem Schienbein-Trick. Das hat bei Torben und seinen Idioten funktioniert. Aber gegen acht Jungs gleichzeitig? Egal, einen Versuch ist es wert. Vielleicht sorgt es ja für Verwirrung und wenigstens Lilly und Aaron können abhauen. Mir ist immer noch ein bisschen schwindlig, in diesem Zustand bin ich wahrscheinlich zu langsam. Außerdem müsste ich es erst mal schaffen aufzustehen.

»Vorstellen?«, wendet sich Schranke an Aaron. »Nicht nötig. Du bist ein Fidibus und hast gleich eine Nase weniger. Mehr muss ich nicht wissen.«

Mist, das war's dann. Jetzt kann uns gar nichts mehr helfen.

»Es tut mir leid«, sage ich zu Lilly. »Ich wollte nicht, dass euch etwas passiert.«

»Das ist nicht deine Schuld«, stellt sie fest. »Du kannst doch nichts dafür, dass diese Typen so asoziale Drecksäcke sind.«

Lilly will mir helfen aufzustehen und streckt mir ihre

Hand entgegen. In dem Moment, in dem ich danach greife, beginnt mein gesamter Körper, innerlich zu vibrieren. Die Luft um unsere Hände herum fängt an zu knistern. Die Vibrationen werden immer stärker, es tut fast schon weh. Kleine Blitze und Funken schlagen auf unseren Händen

hin und her. Ein tiefes Brummen erfüllt die Luft. Ein lauter Knall ertönt und acht Blitze schießen aus unseren Händen. Sie schlagen gleichzeitig in die Brustkörbe der acht Rugby-Nummern ein. Im nächsten Augenblick liegen alle acht flach auf dem Boden. Mir wird wieder schwarz vor Augen und ich kippe nach hinten.

Als ich wieder zu mir komme, liegt Lilly neben mir auf dem Boden. Sie öffnet ebenfalls gerade die Augen.

»Was … was war das denn?«, fragt sie und sieht mich verwirrt an.

»Ich habe keine Ahnung«, antworte ich.

»Ich vermute, das war die stärkste elektrostatische Entladung zwischen zwei Menschen aller Zeiten«, erklärt Aaron, der vor uns steht und fasziniert auf uns herabsieht. »Und es war verdammt cool. Verdammt cool.«

Lilly und ich rappeln uns auf. Die Rugby-Nummern liegen immer noch auf dem Boden und rühren sich nicht. Lilly stupst Schranke vorsichtig mit der Fußspitze in die Seite.

»Die sind doch wohl hoffentlich nicht tot?«, sagt sie mit besorgter Miene.

»Nein«, erwidert Aaron. »Sieh dir seinen Brustkorb an. Er atmet noch. Die sind nur ohnmächtig. Nur ohnmächtig.«

»Das heißt, sie können jeden Moment wieder aufwachen?«, fragt Torben panisch. »Dann lasst uns lieber so schnell wie möglich von hier abhauen, ihr Freaks!«

Ich weiß zwar nicht, was ein Freak ist, aber das mit dem Abhauen ist sicher eine gute Idee.

»Ja«, stimmt Lilly ihnen zu. »Wir sollten aber niemandem erzählen, was hier gerade passiert ist. Das gilt vor allem für dich, Torben. Kein Wort zu irgendjemandem, kapiert?«

»Kein Problem«, sagt Torben. »Das würde mir sowieso niemand glauben. Und ich habe auch nicht die geringste Lust, von euch ausgeblitzt zu werden. Oder was auch immer das eben war. Irgendetwas stimmt mit euch jedenfalls nicht.«

»Da kann ich dir nur zustimmen«, meint Lilly und sieht mich durchdringend an. »Aber das klären wir später.«

Was gibt es denn da zu klären? Ich weiß doch selbst nicht, warum das eben passiert ist. Klar, die Vermutung liegt nahe, dass es etwas mit mir zu tun hat. Schließlich bin ich derjenige, der aus der Hölle kommt und dämonische Fähigkeiten hat. Aber irgendetwas muss das ja auch mit Lilly zu tun haben. Von alleine habe ich keine Blitze aus meiner Hand geschossen, das ist erst passiert, als wir uns berührt haben. Vielleicht darf ich ja keine Mädchen berühren? Aaron oder Gustav habe ich schon öfter berührt, da ist nichts passiert. Und Lilly ist das einzige Mädchen, das ich bis jetzt hier oben getroffen habe. Das hat ganz sicher etwas zu bedeuten. Ich muss Papa in den nächsten Ferien unbedingt fragen, ob es da eine Verbindung gibt. Vielleicht müssen sich Höllen-Bewohner ja von Mädchen fernhalten oder so. Aber das hätte mir Onkel Gabriel dann eigentlich sagen müssen. Und das wäre auch sehr, sehr schade – ich mag Lilly nämlich wirklich gern und würde mich nur sehr ungern von ihr fernhalten.

Ich hole die Tüte mit meinen Sachen hinter dem Busch hervor und wir machen uns auf den Weg zurück zur Schule. Als wir ein paar Meter gelaufen sind, schließt Torben zu mir auf.

»Ich weiß, du magst mich nicht«, sagt er leise. »Und ich mag dich nicht. Aber dass du vorhin gekommen bist, um mir zu helfen, rechne ich dir ganz hoch an. Du hast mich vor diesen Hinterwäldlern gerettet und dafür bin ich dir sehr dankbar. Ich weiß nicht, wie das ausgegangen wäre, wenn du nicht aufgetaucht wärst. Auf jeden Fall viel schlimmer als jetzt. Das heißt, ich schulde dir etwas. Wenn ich also irgendwann etwas für dich tun kann, sag einfach Bescheid. Bis dahin halte dich bitte so weit wie möglich von mir fern. Du machst mir nämlich spätestens seit heute eine Riesenangst und ich will nichts mit dir zu tun haben. Okay?«

Oh, das ist ja großartig! Ich mache jemandem Angst! Da bin ich jetzt schon ein bisschen stolz drauf. Hoffentlich kriegt mein Vater das irgendwie mit. Wo ist dieser komische Spion, wenn man ihn mal braucht?

»Okay«, antworte ich und strecke Torben grinsend einen Daumen entgegen.

Wir laufen weiter. Meine Nase blutet immer noch, stelle ich fest. Aber wenigstens tut es jetzt nicht mehr so weh. Ich bin nur froh, dass Lilly nichts abgekriegt hat. Und Aaron. Und …

»Wo ist eigentlich Gustav?«, frage ich.

»Ich habe ihn in die Schule geschickt, um Hilfe zu holen«, erklärt Lilly. »Die Polizei habe ich gar nicht erst angerufen, das war nur ein Bluff. Ich wusste, dass es zu lange dauert, bis die hier sind.«

»Da vorne kommt er«, sagt Aaron. »Und er hat Verstärkung mitgebracht. Verstärkung mitgebracht.«

Auf Höhe des Sportplatzes sehen wir, wie Gustav und zwei weitere Leute uns entgegenrennen.

»Das ist mein Onkel«, ruft Lilly. »Und Schwester Miriam.«

Kurz darauf erreichen sie uns.

»Sorry … es … ging nicht … schneller«, keucht Gustav.

Herr Rosenberg stürzt auf Lilly zu.

»Geht es dir gut, Lilly?«, fragt er und tastet ihre Arme und Beine ab. »Alles noch heil?«

»Ja, alles in Ordnung, Onkel Wolfram«, beruhigt Lilly ihn. »Ich habe nichts abgekriegt.«

»Die zwei da aber schon«, stellt Schwester Miriam fest und deutet auf Torben und mich. »Die haben euch ja ganz schön zugerichtet.«

»Halb so wild«, entgegne ich. »Tut fast gar nicht mehr weh.«

»Ob das halb so wild ist, entscheide immer noch ich«, erwidert sie. »Ich darf doch?«

Sie wartet meine Antwort nicht ab und betastet vorsichtig mit zwei Fingern meine Nase.

»Gebrochen scheint sie nicht zu sein«, sagt sie. »Aber genau kann ich das erst nach dem Röntgen sagen.«

»Wieso legt ihr euch denn auch mit diesen Rabauken an?«, fragt Lillys Onkel. »Es ist doch allgemein bekannt, dass die Dorfjugend Fidibus-Schüler nicht leiden kann.«

»Wir haben uns nicht mit denen angelegt«, erklärt Lilly. »Wir wollten nur Torben helfen.«

»Diese Mistkerle haben mir auf dem Weg vom Bahnhof in die Schule aufgelauert«, erzählt Torben. »Sie haben mich einfach geschnappt. Ich weiß auch nicht, warum, ich habe nichts gemacht.«

»Wie seid ihr da jetzt eigentlich weggekommen?«, fragt Gustav. »Ich hab mir solche Sorgen gemacht, dass wir zu spät kommen und euch alle vier mit Krankenwagen abtransportieren müssen.«

Lilly, Torben, Aaron und ich werfen uns gegenseitig fragende Blicke zu. Was sagen wir denn jetzt? Die Wahrheit geht schlecht, das glaubt uns sowieso niemand.

»Ach, das war … ein glücklicher Zufall«, sagt Lilly schließlich. »Da war plötzlich … eine Polizeisirene zu hören. Und diese Idioten dachten, die kommen wegen ihnen, und sind schnell abgehauen.«

»Eine Polizeisirene, hier im Dorf?«, wundert sich Lillys Onkel. »Da habt ihr aber wirklich sehr großes Glück gehabt. Ich glaube, es ist Jahre her, dass ich hier in der Gegend überhaupt einmal einen Streifenwagen gesehen habe.«

»Manchmal muss man eben Glück haben«, sagt Schwester Miriam. »Aber von Glück allein hören diese Nasen nicht auf zu bluten. Ich schlage vor, wir gehen schnell zurück, damit ich die beiden ins Krankenhaus bringen kann.«

Guter Kompostmist

Puh, was für ein Tag. Es ist schon halb acht und ich komme jetzt erst zurück auf mein Zimmer. Nachdem wir im Krankenhaus waren, mussten wir noch zu Hasenfuß und ihm Bericht erstatten. Er will sich jetzt an die Schulleitung der Dorfschule wenden und dafür sorgen, dass die Rugby-Jungs bestraft werden. Toller Plan. Dann haben sie auch noch einen richtigen Grund, uns zu hassen. Meine Nase ist zum Glück wirklich nicht gebrochen, die von Torben allerdings schon. Aber das wäre nicht so schlimm, hat Schwester Miriam gesagt, das wächst schnell wieder zusammen. Und wenn sie hinterher schief ist, würden Torbens Eltern ihm bestimmt eine neue kaufen.

Als wir bei Hasenfuß endlich fertig waren, gab es auch schon Abendessen. Ich hatte vorher nicht einmal kurz Zeit, um nach Cornibus zu sehen. Hoffentlich hat er sich nicht zu Tode gelangweilt – das passiert nämlich bei Hausdämonen manchmal.

Ich öffne die Tür zu meinem Zimmer. Okay, meine Sorge war mehr als unberechtigt. Mein Zimmer sieht aus wie eine der Zellen in Abteilung

71. Da sitzen bei uns die Katastrophentouristen. Die kriegen halbstündlich einen Tornado oder ein schweres Erdbeben oder eine Flutwelle durch ihre Zellen geschickt. Ein überfluteter Boden ist aber auch schon alles, was in meinem Zimmer an Chaos fehlt. Das Bett ist umgekippt, der Inhalt meines Schranks liegt kreuz und quer auf dem Boden verteilt herum, der halbe Vorhang ist aus der Schiene gerissen, die Wände sind mit Duschgel und Zahnpasta beschmiert. Und Cornibus schwingt als Schimpanse, mit einer meiner Unterhosen auf dem Kopf, an einem an den Deckenbalken geknoteten Bettlaken fröhlich grunzend hin und her.

»Luzie wieder da!«, ruft er freudig, als er mich sieht. »Luzie wieder da!«

Er schwingt sich auf meine Schultern und springt auf mir herum.

»Wo war Luzie so lang?«, fragt er. »Cornibus Sorge gemacht!«

»Ja, das sehe ich«, sage ich. »Und jetzt hab ich die Sorgen, weil ich das alles aufräumen muss.«

»Cornibus langweilig. Luzie nicht da. Darum Schlimpanse. Schlimpanse nie langweilig.«

»Schimpanse«, verbessere ich ihn. »Wobei in deinem Fall Schlimpanse gar nicht so falsch ist. Es tut mir leid, dass ich so lange weg war. Wir hatten Ärger.«

Ich wuchte das Bett wieder in seine ursprüngliche Position und lege mich darauf. Oh, das tut gut. Cornibus verwandelt sich in seine ursprüngliche Form und setzt sich auf meinen Bauch.

»Luzie Ärger?«, fragt er. »Muss Cornibus immer mitnehmen. Cornibus frisst Ärger.«

Oh ja, das wäre lustig geworden, wenn Cornibus sich in einen Tiger verwandelt und die Rugby-Jungs einfach aufgefressen hätte.

»So schlimm war es nicht«, sage ich. »Wir hatten Glück.«

Cornibus krabbelt ein Stück an mir hoch und schnuppert an meinem Gesicht. »Cornibus riecht Blut. Blut nicht gut. Wer hat Luzie Blut gemacht?«

»Ach, das waren nur so ein paar Idioten. Sag mal, hast du schon mal etwas von Dämonen gehört, die Blitze aus ihren Händen schießen können?«

»Ja«, sagt Cornibus. »Cornibus einmal gesehen. Aber zwei Dämonen. Hände zusammen. Blitz geschossen. Loch in Wand.«

Hm, interessant. So war das ja bei uns auch. Als sich unsere Hände berührt haben, kamen die Blitze. Aber Lilly ist kein Dämon. Oder vielleicht doch? An diese Möglichkeit habe ich noch gar nicht gedacht.

»Können sich Dämonen eigentlich auch als Kinder tarnen?«, frage ich.

»Alles. Dämonen tarnen wie alles. Kinder. Baum. Mülltonne. Alles. Cornibus aber nur Tiere.«

»Ich weiß«, sage ich. »Und genau das liebe ich auch so sehr an dir. Katze?«

Cornibus verwandelt sich in eine Katze und legt sich auf meinen Bauch. Ich kraule ihn hinter den Ohren, er fängt an zu schnurren.

Das macht mich jetzt doch irgendwie nachdenklich. Bisher bin ich davon ausgegangen, dass der Spion meines Vaters hier, als Erwachsener getarnt, sein Unwesen treibt. Deshalb habe ich auch vorhin noch Herrn Rosenberg einen Kakerlakenflügel probieren lassen. Er hat erst wieder aufgehört zu schreien, als er den

Gartenschlauch gefunden und ihn sich in den Mund gesteckt hat. Und bei Schwester Miriam habe ich es auch versucht, aber die hat nur an dem Zeug gerochen und schon angefangen zu würgen.

Die beiden kann ich als mögliche Spione also definitiv ausschließen. Aber nach Cornibus' Aussage hat sich der Kreis der Verdächtigen gerade um ein Vielfaches vergrößert. Rein theoretisch könnte es quasi jeder sein. Aber ausgerechnet Lilly? Das hätte ich doch irgendwie merken müssen. Dann würde sie mich doch nicht ständig mit Fragen über meine Herkunft bombardieren. Und ihr käme nicht alles seltsam vor, was ich mache. Es sei denn, genau das ist ihre Tarnung – die Ahnungslose spielen und insgeheim alles meinem Vater berichten.

Nein, das ist Blödsinn, das glaube ich nicht. Lilly ist kein Spion und erst recht kein Dämon. Das mit den Blitzen war wahrscheinlich Zufall. Es hat sicher etwas mit mir zu tun. Onkel Gabriel hat gesagt, es sei schwer vorherzusehen, über welche dämonischen Kräfte ich hier oben verfügen werde. Und dass manche Kräfte spontan auftreten können, das hat er auch gesagt. Genauso eine Kraft wird das gewesen sein. Lilly hatte gar nichts damit zu tun. Wäre natürlich cool, wenn ich diese Kraft immer hätte und kontrollieren könnte. Dann könnten auch zwanzig von diesen Rugby-Jungs kommen und ich würde sie einfach umblitzen.

Oder ich muss mal im Handbuch nachgucken, ob es nicht irgendeinen Spruch gibt, der mich megastark macht. Oder diese Idioten total schwach. Auf jeden Fall sind sie perfekt für mich, um Bösesein zu üben. Irgendwas wird mir da schon einfallen. Und den Spion finde ich auch noch. Wäre doch gelacht. Aber heute nicht mehr. Heute will ich nur noch hier liegen, gemütlich Cornibus streicheln und …

»Das hab ich ja ganz vergessen«, sage ich. »Cornibus, hol doch mal bitte die Tüte, die ich neben der Tür abgestellt habe.«

»Luzie selber holen. Cornibus muss schnurren.«

»Und wenn ich dir sage, dass da ganz viel Schoko…«

Bevor ich das Wort ausgesprochen habe, hat Cornibus sich wieder in einen Schimpansen verwandelt. Er springt mit einem Satz an die Tür, schnappt sich die Tüte und hüpft wieder zurück auf meinen Bauch.

»Ich dachte, du musst schnurren«, sage ich grinsend.

»Schlotzolade wichtiger als schnurren. Erst Schlotzolade, dann schnurren.«

Er streckt mir die Öffnung der Tüte entgegen. Ich hole zwei der Tafeln heraus, öffne eine und gebe sie Cornibus.

»Alles für Cornibus?«, fragt er mit großen Augen.

»Ja. Weil ich dich so lang allein gelassen habe.«

»Wie lang Luzie morgen weg? Auch so viel Schlotzolade?«

»Nein, du Schlingel. Morgen bin ich hoffentlich nur für eine halbe Tafel Schokolade weg.«

»Guter Kompostmist. Cornibus nicht so lang allein und trotzdem Schlotzolade.«

»Kompromiss«, verbessere ich ihn. »Und du darfst dich jetzt gern wieder in eine Katze verwandeln.«

Keine drei Sekunden später liegt wieder eine Katze auf meinem Bauch, die sich, zufrieden schnurrend, ein Stück Schokolade nach dem anderen in den Mund schiebt. Ich stopfe mir gleich einen ganzen Riegel auf einmal zwischen die Lippen und schließe genüsslich die Augen.

Von: darfkeinerwissen@hoelle.de
An: chef@hoelle.com
Betreff: Streng geheimer Geheimbericht 83

Junior wieder da.
Hat neumodischen Technikkram gekauft. Dämonenspruch dabei angewendet, wird immer besser. Ärger gekriegt, weil er jemandem helfen wollte. Sehr unnötig. Seltsame Sache in Verbindung mit dem Mädchen passiert, bleibe dran.

Untertänige Grüße
XXX

Hogy vagy?

»AAAAAAAAAAAH! ICH VERBRENNE! HILFE! HILFE! AAAAAAAAH!«

Okay, damit wäre wohl ein weiterer Erwachsener als möglicher Spion ausgeschlossen. Wobei ich den Holzapfel nicht wirklich in Verdacht hatte, ich wollte nur sichergehen. Und er hat ja auch gefragt, ob wir etwas Außergewöhnliches aus den Ferien mitgebracht hätten. Selbst schuld, dass er jetzt wie ein Irrer durchs Klassenzimmer hüpft.

»WASSER! WASSER!«, brüllt er. »WER HAT WASSER?«

Einer meiner Klassenkameraden reicht ihm eine kleine Flasche Wasser. Holzapfel schraubt sie hektisch auf und kippt sich den Inhalt in den Rachen.

»MEHR! MEHR!«, schreit er. »IHR MÜSST MICH LÖSCHEN! ICH VERBRENNE!«

Yannick, unser Klassensprecher, steht auf und rennt zu dem roten Ding, das neben der Tür hängt. Es sieht aus wie eine große, aber undurchsichtige Flasche, und ich habe mich schon die ganze Zeit gefragt, was das eigentlich ist. Yannick reißt es von der Wand und zieht einen kleinen Stift oben heraus. Aha, da ist ein kleiner Schlauch dran, interessant. Er flitzt auf Holzapfel zu und stellt sich mit dem Schlauch im Anschlag vor ihn.

»DER FEUERLÖSCHER?«, brüllt Holzapfel. »BRILLANTE IDEE! DAFÜR KRIEGST DU EINE EINS! LOS, MACH SCHON! ICH VERBRENNE!«

Das Ding da heißt Feuerlöscher? Kein Wunder, dass ich es nicht kenne. So etwas würde es bei uns unten nie geben. Wer löscht denn auch bitte schön ein Feuer? Wenn das bei uns unten jemand machen würde, wäre er im nächsten Moment nur noch ein Häufchen Asche, da versteht mein Vater überhaupt keinen Spaß. Ein Feuerlöscher. Da muss man erst mal darauf kommen.

Holzapfel reißt seinen Mund weit auf. Yannick zielt mit dem Schlauch auf sein Gesicht und drückt ab. Eine

Riesenfontäne weißen Schaums schießt laut zischend aus dem Feuerlöscher. Holzapfel haut es nach hinten um, er landet auf dem Hosenboden, Yannick sprüht weiter auf ihn ein. Ein paar Sekunden später ist es vorbei.

»Oh … das war … gut«, sagt Holzapfel, japsend und Schaum ausspuckend. »Danke, Yannick. Du hast mich … gerettet. Wir machen heute … früher Schluss. Keine … Hausaufgaben.«

Alle springen jubelnd auf und stürmen aus dem Klassenzimmer. Ich gehe auf dem Weg nach draußen an Holzapfel vorbei.

»Tut mir leid«, sage ich. »Ich wollte sie nicht verbrennen.«

»Schon … gut«, keucht Holzapfel. »Gib mir nur … bitte … nie wieder etwas … aus deiner Heimat … zu essen.«

»Wird gemacht«, verspreche ich. »Also, *nicht* gemacht, meine ich. Bis morgen dann.«

Ich verlasse das Klassenzimmer und das Schulgebäude. Bis zum Mittagessen ist noch eine halbe Stunde Zeit, und ich beschließe, noch ein bisschen spazieren zu gehen.

Als ich das Schulgelände verlasse, sehe ich Herrn Rosenberg. Er steht links vor der großen Mauer und hat einen Schrubber in der Hand.

»Diese verflixten Rabauken!«, stöhnt er und wischt

sich mit dem Ärmel den Schweiß von der Stirn. »Wenn ich die erwische!«

»Was ist denn passiert, Herr Rosenberg?«, frage ich ihn.

»Hallo, Vitus«, begrüßt er mich und zeigt auf die Mauer. »Da, sieh selbst.«

Ich werfe einen Blick auf die Mauer. Da hat jemand mit roter Farbe etwas hingeschrieben.

Aha. Und was soll das? Auch wenn ich Rot grundsätzlich sehr gerne mag – schöner wird die Mauer dadurch nicht unbedingt.

»Das waren bestimmt dieselben, die euch gestern angegriffen haben«, sagt Herr Rosenberg. »Idioten allesamt. Und wer darf die Sauerei wegmachen? Ich natürlich.«

Die Rugby-Jungs malen langweilige Sprüche auf Mauern? Verstehe ich nicht. Was wollen sie damit bezwecken? Soll das irgendwie böse sein? Der Einzige, der darunter zu leiden hat, ist offenbar Herr Rosenberg. Und den kennen sie nicht einmal persönlich. Ein sehr seltsames Konzept von Bosheit.

»Kann ich Ihnen vielleicht helfen?«, frage ich.

»Das ist sehr nett, Vitus, aber ich habe sowieso nur einen Schrubber«, sagt Herr Rosenberg. »Du könntest aber vielleicht kurz auf meine Sachen hier aufpassen. Das Zeug geht mit normalem Putzmittel nicht ab, da brauche ich etwas ganz Scharfes. Irgendwo im Werkzeugschuppen müsste ich noch so was haben, ich muss es nur finden. Bin gleich wieder da.«

»Kein Problem«, sage ich. »Ich bleibe hier und passe auf.«

Er verschwindet um die Ecke. Mein Blick fällt auf den Eimer mit Wasser, der an der Mauer steht. Herr Rosenberg braucht also etwas ganz Scharfes. Ich krame einen der Kakerlakenflügel aus meiner Hosentasche. Bis jetzt hat jeder hier oben, der einen versucht hat, gesagt, die seien superscharf. Hm. Einen Versuch ist es wert. Ich zerbrösele den Flügel in meiner Hand und lasse die Krümel in den Eimer fallen. Das Wasser fängt sofort an zu brodeln und zu zischen. Ich nehme den Schrubber und tunke ihn in den Eimer. Als ich ihn wieder heraus-

ziehe, habe ich nur noch den Stiel in der Hand. Ich stochere mit dem Stiel im Eimer herum – nichts. Die Bürste hat sich offenbar aufgelöst. Und der Stiel ist auch ein ganzes Stück kürzer, als ich ihn wieder herausziehe. Okay, dann eben anders. Ich nehme den Eimer und kippe den Inhalt über die Schrift auf der Mauer. Die roten Buchstaben zerlaufen sofort und sind kurz darauf verschwunden. Das Gras am Fuße der Mauer allerdings auch. Und als ich den Eimer abstellen will, fällt klappernd der Boden davon ab. Ich will ihn gerade aufheben, als ich Lilly den Weg heraufkommen sehe.

»Hallo, Lilly«, begrüße ich sie freudig. »Auch schon Schule aus?«

»Jó napot, Vitus!«, grüßt sie mich freundlich lächelnd zurück. »Hogy vagy?«

Wie bitte, was? Ich verstehe kein Wort.

»Hány óra van?«, fährt sie fort. »Jó étvágyat!«

»Was ist denn mit dir los?«, frage ich. »Hast du dir auf die Zunge gebissen?«

»Nein, ich habe mir nicht auf die Zunge gebissen«, erwidert sie und bleibt vor mir stehen. »Genauso wenig, wie du aus Ungarn bist.«

Jetzt geht das wieder los. Immer dieses Ungarn-Gequatsche. Wieso interessiert sie das bloß so sehr? Das nervt echt. Und warum muss ich eigentlich ausgerechnet aus Ungarn kommen? Das war mit Sicherheit auch so eine blöde Idee meines Vaters.

»Ah, du kannst ja doch noch normal reden«, sage ich und ignoriere die Ungarn-Bemerkung einfach.

»Klar kann ich normal reden«, erwidert Lilly. »Ich habe eben auch normal geredet. Normal ungarisch.«

Oh, Mist.

»Du kannst Ungarisch?«, frage ich.

»Nur ein paar Worte«, antwortet Lilly. »Ich habe heute zufällig mitgekriegt, dass unsere Deutschlehrerin ursprünglich aus Ungarn kommt. Sie hat mir ein paar einfache Worte beigebracht. Die du offenbar nicht kennst. Was sehr seltsam ist für jemanden, der behauptet, aus Ungarn zu stammen.«

»Öh … Na ja … Weißt du …«, stammele ich auf der Suche nach einer plausiblen Erklärung. »Das ist … Bei uns … Wir sprechen Alt-Ungarisch. Weil mein Vater schon … sehr alt ist. Und das klingt ganz anders. Das ist quasi eine eigene Sprache.«

»Blödsinn, Alt-Ungarisch«, meint Lilly. »Du sprichst

überhaupt kein Ungarisch. Und du kommst auch nicht aus Ungarn. Was bedeutet, du bist ein Lügner.«

Da hat sie natürlich recht. Aber ich lüge ja nicht freiwillig. Ich *muss* lügen, weil niemand wissen darf, wer ich wirklich bin. Und deshalb muss ich mir jetzt eine neue Lüge einfallen lassen. Nur leider fällt mir gerade nichts ein.

»Ich will nicht mit jemandem befreundet sein, der mich ständig anlügt«, sagt Lilly.

Das kann ich absolut verstehen. Ich möchte auch nicht von meinen Freunden angelogen werden.

»Also?«, fragt Lilly und sieht mich abwartend an. »Was ist jetzt? Sagst du mir die Wahrheit?«

»Das … kann ich nicht«, sage ich. »Tut mir leid.«

»Aber wieso denn nicht? Wirst du dazu gezwungen zu lügen? Hat es was mit deinem Vater zu tun? Seid ihr in irgendeinem Zeugenschutzprogramm? Oder werdet ihr politisch verfolgt? Will dich jemand entführen? Egal, was es ist, du kannst es mir ruhig sagen. Vielleicht kann ich dir ja irgendwie helfen. Du weißt hoffentlich, dass du mir vertrauen kannst. Ich würde dich nie verraten, Vi-

tus. Falls du überhaupt so heißt. Stimmt denn wenigstens dein Name?«

Nein. Mein richtiger Name ist Luzifer junior. Ich bin der Sohn des Teufels und wohne nicht in Ungarn, sondern in der Hölle. Mein Vater hat mich hierhergeschickt, damit ich lerne, zu allen Menschen böse zu sein. Aber seit ich Freunde gefunden habe, will ich gar nicht mehr zu allen Menschen böse sein. Vor allem nicht zu meinen Freunden, die mir sehr wichtig sind und die ich sehr mag. Und dich, Lilly, mag ich am allerliebsten. Deswegen tut es mir auch so schrecklich leid, dass ich dir das alles nicht sagen, sondern nur bedauernd gucken und mit den Schultern zucken kann.

»Echt jetzt?«, fragt sie und sieht mich wütend an. »Nichts? Das ist dann offenbar genauso viel, wie dir unsere Freundschaft wert ist. Gut für dich. Dann wirst du sie auch nicht vermissen. Im Gegensatz zu mir. Ich mag dich nämlich wirklich sehr gern. Aber wenn du mir nicht vertraust, können wir auch nicht länger befreundet sein. Mach's gut, Vitus.«

Wie bitte, was? Ist das ihr Ernst? Wir sind ab sofort nicht mehr befreundet? Wie soll das denn funktionieren? Wie kann man denn mit jemandem nicht befreundet sein, den man so gern mag?

Lilly stößt einen tiefen Seufzer aus und entfernt sich mit gesenktem Kopf von mir. Als ich ihr hinterhersehe, fährt ein stechender Schmerz durch meinen Brustkorb. Sie hat also auch gelogen, denn ich vermisse unsere Freundschaft jetzt schon.

Kurz nachdem sie um die Ecke verschwunden ist, kommt ihr Onkel zurück.

»Ich habe das Zeug gefunden«, ruft er und zeigt mir eine kleine grüne Flasche. »Damit sollte die Farbe besser abgehen. Danke fürs Aufpassen.«

Sein Blick fällt auf die Mauer.

»Huch!«, sagt er überrascht. »Wie hast du das denn so schnell geschafft?«

»Ein alter Hausmannstrick«, erkläre ich seufzend. »Aber Sie brauchen einen neuen Schrubber und einen neuen Eimer. Tut mir leid.«

»Ach, mach dir darüber keine Gedanken, davon habe ich noch genug im Schuppen. Den Trick musst du mir bei Gelegenheit aber unbedingt mal verraten.«

»Mach ich. Ich gehe dann mal.«

»Ist alles in Ordnung bei dir, Vitus?«, fragt Herr Rosenberg mit besorgter Miene. »Du wirkst auf einmal so niedergeschlagen. Lilly eben übrigens auch. Sie hat sich noch nicht mal gefreut, als ich ihr gesagt habe, dass es heute Spaghetti zum Mittagessen gibt. Ist irgendetwas zwischen euch vorgefallen?«

»Ich habe nicht die richtige Sprache gesprochen«, erkläre ich seufzend.

»Oh ja, das kenne ich«, sagt Herr Rosenberg. »Manchmal habe ich das Gefühl, ich rede Chinesisch, wenn ich Lilly irgendetwas erklären will.«

»Bei mir war es umgekehrt. Ich habe ihr Ungarisch nicht verstanden. Und jetzt sind wir keine Freunde mehr.«

»Ach, so schlimm wird's schon nicht sein«, erwidert Herr Rosenberg und klopft mir auf die Schulter. »Mach dir keine Sorgen, sie beruhigt sich schon wieder, und dann ist alles wieder gut.«

Das glaube ich nicht. Weil sie mir nicht glaubt und ich ihr die Wahrheit nicht sagen kann. Daran wird sich leider nichts ändern.

Die Schulklingel bimmelt.

»Du musst rein«, meint Herr Rosenberg zu mir. »Vielen Dank noch mal für deine Hilfe. Du hast mir viel Arbeit erspart.«

»Nichts zu danken«, sage ich und laufe seufzend los. »Tschüs, Herr Rosenberg.«

Ich mache mich auf den Weg in Richtung Speisesaal. Es gibt gleich Mittagessen. Ich habe überhaupt keinen Hunger, obwohl sich alles in mir schrecklich leer anfühlt. Eine Freundschaft zu verlieren, schlägt offenbar auf den Magen.

Magenbrummen

»LUZIE! HILF MIR!«

Das ist die Stimme meines Vaters. Aber woher kommt sie? Ich kann absolut nichts sehen, es ist stockfinster.

»LUZIE! DU MUSST MICH RETTEN!«

Würde ich ja gern. Dafür müsste ich aber erst mal wissen, wo ich überhaupt bin. Ich schnippe mit den Fingern, aus meinem Daumen schießt ein kleiner Blitz, der auf der Spitze herumtanzt. Ah, endlich Licht. Okay, ich befinde mich in der Hölle in einem der unteren Gänge. Links und rechts von mir sind die Türen zu den Abteilungen.

»LUZIE! SCHNELL! SONST IST ES ZU SPÄT!«

Ich laufe den Gang entlang und rüttele an den Türen. Sie sind alle verschlossen. Weiter vorne sehe ich eine Tür, die offen steht. Licht fällt dort auf den Gang und wirft einen Schatten, der aussieht wie mein Vater.

»LUZIE! HIER BIN ICH! BEEIL DICH!«

Ich renne zu der Tür. Als ich angekommen bin, sehe ich meinen Vater. Er hat eine riesige Tafel Schokolade in der Hand, sie hat die Form von Lillys Gesicht. Sie ist schon angebissen und teilweise geschmolzen.

»DA BIST DU JA ENDLICH!«, brüllt mein Vater. »DU MUSST MIR HELFEN! ICH SCHAFFE DAS NICHT ALLEIN! DIE SCHOKOLADE SCHMILZT HIER UNTEN ZU SCHNELL!«

Er streckt mir die Tafel entgegen.

»Sag mal, spinnst du?«, erwidere ich. »Du kannst doch Lilly nicht essen! Hör sofort auf damit!«

»Aber das ist so lecker! Hier, probier doch mal!«

»Das ist nicht lecker! Das ist meine beste Freundin!«

»Bin ich nicht«, widerspricht Lillys Kopf. »Schon vergessen? Unsere Freundschaft gibt es nicht mehr.«

Oh, Mist, stimmt ja.

»Jó étvágyat!«, sagt Lilly.

»Danke!«, erwidert mein Vater.

»Du kannst Ungarisch?«, wundere ich mich. »Was hat sie gesagt?«

»Guten Appetit! Und den habe ich auch!«

Er schiebt sich die Tafel komplett in den Mund.

»NEEEEEEEEEEEIIIIIIIIIN!«, rufe ich entsetzt, aber es ist zu spät – mein Vater hat Lilly schon runtergeschluckt.

»Mjam-mjam!«, sagt er, schmatzend und sich die Finger abschleckend. »Das war gut! Ich will mehr davon!«

Er greift mit einer Hand nach meinem Kopf.

»Jetzt reicht's aber!«, beschwere ich mich. »Du kannst doch nicht einfach alles essen, was du in die Finger kriegst! Ich bin dein Sohn!«

»Ach, das ist nicht so schlimm! Dann knete ich mir eben einen neuen! Und jetzt sei still! Ich mag es nicht, wenn mein Essen mit mir redet!«

Er schleckt mir mit seiner riesigen, schleimigen Zunge frontal übers Gesicht. Bäh, ist das eklig! Das klebt und tropft und stinkt nach Schwefel. Und es sieht total widerlich aus. Ich schließe vor Ekel meine Augen.

»AUGEN AUF!«, brüllt mein Vater. »HAB ICH DIR

DAS NICHT BEIGEBRACHT? MIT GESCHLOSSENEN AUGEN LÄSST MAN SICH NICHT ESSEN! LUZIE, AUGEN AUF! JETZT!«

Haha, sehr witzig. Moment mal. Wieso klingt denn seine Stimme plötzlich so anders?

»LUZIE! LUZIE! AUGEN AUF! DRAUSSEN KRACH! UNHEIMLICH!«

Das ist doch Cornibus' Stimme. Wo kommt der denn auf einmal her? Was denn für ein Krach? Ich höre nichts. Und wieder schleckt diese eklige Zunge über mein Gesicht.

»LUZIE! AUGEN AUF! SCHNELL! CORNIBUS ANGST!«

Okay, dann öffne ich eben wieder meine Augen. Wo bin ich denn jetzt auf einmal? Das ist nicht die Hölle, das ist mein Zimmer in St. Fidibus.

Ich atme erleichtert auf. Uff. Das war also alles nur ein Traum. Bis auf die eklige Zunge offenbar, denn Cornibus sitzt als Bulldogge auf meiner Brust und schleckt mir übers Gesicht.

»Bäh! Hör sofort auf, Cornibus! Was soll denn das?«

»Luzie endlich wach!«, sagt Cornibus und springt aufgeregt mit den Vorderpfoten auf meinem Brustkorb auf und ab. »Draußen Krach! Wie böser Dämon! Cornibus Angst!«

»Was denn für ein Krach? Ich höre nichts. Und dafür weckst du mich mitten in der Nacht?«

Wobei ich ihm dafür eigentlich ganz dankbar bin – das war nicht gerade ein Traum, aus dem man nie mehr aufzuwachen hofft.

»Draußen«, sagt Cornibus. »Luzie nicht hören? Schlechte Ohren. Ohren von Cornibus viel besser.«

»Selbst schuld, wenn du dich in einen Hund verwandelst«, meine ich. »Als Wurm wäre das nicht passiert.«

»Cornibus hört immer. Auch wenn Wurm. Da. Immer noch Krach.«

Da ich immer noch nichts höre, stehe ich auf und öffne das Fenster. Okay, jetzt höre ich es ebenfalls, wenn auch ziemlich leise. Ein tiefes, brummendes Geräusch. Es kommt mir bekannt vor. Ich habe das schon mal gehört. Heute Nachmittag, als wir am Sportplatz vorbeigelaufen sind. Genau, das hört sich an wie einer dieser Bagger. Und es scheint auch aus Richtung des Sportplatzes zu kommen. Arbeiten die etwa auch nachts? Das kann ich mir nicht vorstellen. Gegen nächtlichen Lärm gibt es doch hier oben bestimmt mindestens eine Vorschrift. So, wie es hier für alles Vorschriften gibt. Oder besser gesagt, *gegen* alles. Wenn die Menschen irgendetwas nicht mögen, erfinden sie eine Vorschrift dagegen. Oder gleich zwei oder zehn oder fünfzig. Gegen Lärm gibt es mit Sicherheit ein ganzes Buch voller Vorschriften, den mögen Menschen nämlich überhaupt nicht. Bei uns unten gibt es auch eine Lärm-Vorschrift, aber eben nur eine einzige, und die gilt nur für meinen Vater: IMMER LAUTER ALS ALLE ANDEREN! Meistens hält er sich sogar daran. Hier oben muss aber immer alles möglichst leise sein, von daher wundere ich mich schon über den Baggerlärm da draußen.

»Luzie auch hören?«, fragt Cornibus. »Wie böser Dämon mit Magenbrummen.«

»Magenknurren«, verbessere ich ihn. »Aber du musst keine Angst haben. Das ist kein Dämon, das ist ein Bagger.«

»Bagger böse?«

»Nein. Aber derjenige, der drinsitzt, vielleicht.«

Das kommt mir doch immer seltsamer vor, dass da jemand nachts baggert. Irgendwie habe ich das Gefühl, das hat nichts Gutes zu bedeuten.

»Komm, wir gucken uns das mal an.«

Ich stehe auf und schlüpfe in meine Klamotten. Habe ich das Handbuch dabei? Vielleicht brauche ich es ja. Ja, alles klar, es steckt in meiner Hosentasche.

»Verwandle dich in eine Maus«, sage ich zu Cornibus. »Ich glaube zwar nicht, dass uns jemand um diese Uhrzeit hier im Haus begegnen wird, aber sicher ist sicher.«

Cornibus wird zur Maus und ich stecke ihn in meine Jackentasche.

Wir verlassen das Zimmer. Komisch, auf dem Flur ist Licht. Brennt das etwa die ganze Nacht? Ich laufe den Gang entlang, als plötzlich Aaron aus dem Bad kommt und ich fast mit ihm zusammenkrache.

»Mensch, Aaron!«, sage ich erschreckt. »Was machst du denn um diese Uhrzeit hier draußen?«

»Ich muss jede Nacht um zwei Uhr fünfunddreißig auf Toilette«, antwortet Aaron. »Das ist auch einer meiner Ticks. Und du? Wo willst du denn so spät noch hin? Noch hin?«

»Zum Sportplatz«, erkläre ich. »Ich habe Baggergeräusche gehört, das kommt mir verdächtig vor. Ich will mir das mal ansehen.«

»Das klingt allerdings verdächtig«, bestätigt Aaron. »Ein Arbeiter kann es nicht sein, nachts darf man nicht baggern. Ich komme mit. Warte bitte kurz, ich hole meine Jacke. Meine Jacke.«

Er verschwindet in seinem Zimmer.

Mist, ich wäre eigentlich lieber alleine gegangen. Wenn Aaron dabei ist, kann ich keine Dämonensprüche anwenden. Und Cornibus muss die ganze Zeit über in meiner Tasche bleiben. Andererseits bin ich natürlich froh, jemanden dabeizuhaben. Wer weiß, was uns da draußen erwartet.

»So, ich bin bereit«, sagt Aaron, als er zurückkommt. »Bin bereit.«

Und genauso sieht er auch aus – sehr bereit sogar. Er hat eine riesige Taschenlampe in der einen und irgendetwas schwarzes Rechteckiges, das ich nicht erkennen kann, in der anderen Hand.

»Was ist das denn?«, frage ich und zeige darauf.

»Das ist ein Elektroschocker«, antwortet er. »Ich habe ihn selbst gebaut. Damit kann ich auch Blitze aus der Hand schießen. Er hat 500.000 Volt. 500.000 Volt.«

»Cool«, sage ich. »Dann kann's ja losgehen.«

Wir gelangen problemlos aus dem Gebäude auf den Innenhof. Als wir an der Hausmeisterwohnung vorbeikommen, zupft mich Aaron am Ärmel.

»Was ist mit Lilly?«, fragt er. »Vielleicht will sie auch mitkommen. Ich weiß, welches ihr Fenster ist. Soll ich mal leise an die Scheibe klopfen? Scheibe klopfen?«

»Nein, lass mal«, sage ich seufzend. »Lilly hat bestimmt keine Lust. Sie hat mir die Freundschaft gekündigt.«

»Oh«, sagt Aaron. »Warum denn? Ihr habt euch doch so gut verstanden. Gut verstanden.«

»Ich habe sie angelogen und sie hat es gemerkt.«

»Hattest du denn einen guten Grund, sie anzulügen? Manchmal muss man nämlich lügen, damit sich andere keine Sorgen machen. Ich habe meinen Eltern zum Beispiel nichts von meinen neuen Ticks erzählt, das würde sie nur beunruhigen. Und mir machen sie nichts aus, ich bin daran gewöhnt. Daran gewöhnt.«

Hm. Ein bisschen ist das bei mir und Lilly ja auch so. Wenn ich sagen würde, wer ich wirklich bin, hätte sie vielleicht Angst vor mir. Die meisten Menschen haben Angst vor der Hölle und vor Dämonen, das ist ja auch Sinn und Zweck des ganzen Betriebs. Aber ich will nicht, dass Lilly Angst vor mir hat, also darf ich ihr das alles nicht sagen. Ich lüge in ihrem Fall eigentlich nur, um sie zu beschützen, also aus einem sehr guten Grund. Zu blöd, dass sie das nicht weiß.

»Ja«, sage ich zu Aaron. »So eine Art von Lüge ist das bei mir auch.«

»Lass mich raten. Es geht um deine Herkunft. Du stammst nämlich ganz sicher nicht aus Ungarn. Nicht aus Ungarn.«

Ich sehe ihn verblüfft an, er grinst.

»Das weißt du?«, frage ich.

»Dafür muss man kein Genie sein. Genie sein.«

»Und du bist nicht sauer, weil ich dich angelogen habe?«

»Ich denke, du wirst deine Gründe dafür haben. Und ich habe das Gefühl, du willst uns vor irgendetwas beschützen. Damit kann ich gut leben. Aber wenn du mir irgendwann erzählen möchtest, wer du wirklich bist, kannst du das gern machen. Ich werde dich ganz bestimmt nicht verraten. Nicht verraten.«

»Das ist schön zu wissen«, sage ich. »Danke, Aaron.«

Wir nähern uns langsam dem Sportplatz. Der Baggerlärm wird immer lauter. Wir schleichen geduckt auf einen kleinen Hügel und werfen einen Blick auf das Treiben unter uns. Einer der Bagger reißt tiefe Löcher in den Platz. Um ihn herum stehen ein paar Gestalten und jubeln – sie tragen grüne T-Shirts mit großen Nummern auf dem Rücken.

»Das sind diese Rugby-Idioten«, flüstere ich.

»Ja«, stimmt Aaron mir zu. »Und der Anführer bedient den Bagger. Den Bagger.«

Tatsache, das ist Schranke, der da in dem kleinen Glashäuschen auf dem Bagger sitzt. Er lacht und scheint eine Menge Spaß zu haben, was ich absolut verstehen kann. Mit so einem Bagger zu fahren, ist bestimmt toll – wenn man nicht gerade einen Sportplatz damit zerstört.

»Wieso machen die das?«, wundere ich mich.

»Keine Ahnung«, sagt Aaron und zuckt mit den Schultern. »Blinde Zerstörungswut? Zerstörungswut?«

»Ja, aber worauf sind sie denn so wütend? Das muss doch irgendeinen Grund haben.«

»Das sind Vandalen, die brauchen keinen Grund. Keinen Grund.«

Aha. *Das* sind also Vandalen. Von denen sitzen bei uns auch eine ganze Menge, in Abteilung 11. Ich wusste aber nie, was dieses Wort bedeutet. Sie kriegen bei uns jeden Tag tolle neue Sachen geschenkt, die sie sich schon ganz lange gewünscht haben. Sobald sie sich aber auch nur eine Millisekunde darüber freuen können, kommt einer unserer zweihämmrigen Zerstörungsdämonen und zertrümmert das Geschenk – eine sehr gute Bestrafung für solche Idioten, die grundlos Sachen anderer Leute kaputtmachen.

»Was machen wir denn jetzt?«, fragt Aaron. »Sollen wir Hasenfuß wecken? Hasenfuß wecken?«

»Nein, das dauert viel zu lange, bis dahin haben die den halben Sportplatz ruiniert. Ich geh da jetzt runter. Du musst aber nicht mitkommen. Es könnte gefährlich werden.«

»Mach dir um mich keine Sorgen«, meint Aaron. »Erstens habe ich keine Angst und zweitens bin ich gut ausgerüstet. Allerdings habe ich den Elektroschocker noch nicht an einem lebenden Objekt ausprobiert. Lebenden Objekt ausprobiert.«

»Okay, dann los.«

Wir steigen den kleinen Hügel hinunter und betreten den Sportplatz. Es dauert einen Moment, bis die Rugby-Idioten uns entdecken.

»Hey, Schranke!«, schreit Nummer 48 und wedelt dabei mit den Armen. »Wir haben Besuch!«

Schranke hört auf zu baggern und lehnt sich aus dem Glashäuschen.

»Aha, die fiesen Fidibusse von gestern!«, ruft er. »Jungs, ihr wisst, was zu tun ist!«

Die Rugby-Nummern nicken und ziehen etwas hinter ihren Rücken hervor. Einen Augenblick später haben alle seltsame Hüte aus Alufolie auf, aus denen oben eine Spitze aus Draht heraussteht.

»Ha! Damit habt ihr nicht gerechnet, was?«, ruft Schranke triumphierend. »Jetzt könnt ihr so viele Blitze auf uns abfeuern, wie ihr wollt! Wir haben Blitzableiter!«

Aaron sieht mich an und schüttelt fassungslos den Kopf. »Ich finde es immer wieder erstaunlich, wie grenzenlos die Dummheit mancher Menschen sein kann«, sagt er, leise kichernd. »Diese Dinger ziehen die Blitze doch nur an, anstatt sie abzuwehren. Wahrscheinlich ist die einzige physikalische Kraft, die sie kennen, die Fliehkraft ihres eigenen Gehirns. Eigenen Gehirns.«

»Umso besser für uns«, bemerke ich. »Wobei das mit den Blitzen eher ein Zufall war. Ich kann das nicht gezielt. Und ohne Lilly schon gar nicht.«

»Los, Jungs! Schnappt euch die kleinen Schnösel!«, ruft Schranke. »Aber lasst mir was übrig!«

Er verschwindet wieder im Glashäuschen und fängt erneut an zu baggern. Die Rugby-Meute rückt langsam auf uns zu, allen voran Nummer 18.

»Schade, dass ihr die Kleine von gestern nicht dabeihabt«, sagt er und lässt dreckig grinsend seine Faust in die Hand klatschen. »Ich schulde ihr noch was.«

Aaron geht ihm zwei Schritte entgegen.

»Ich soll dir schöne Grüße von ihr ausrichten«, sagt er. »Und ich habe dir sogar etwas von ihr mitgebracht. Von ihr mitgebracht.«

Aaron macht noch zwei schnelle Schritte vorwärts

und zieht den Elektroschocker hinter seinem Rücken hervor. Er hält ihn an den Bauch des Typen und drückt ab. Es zischt und bitzelt ganz kurz, der Kerl fliegt zwei Meter rückwärts durch die Luft und landet auf seinem Hintern. Er schüttelt ein paarmal seinen Kopf und blickt verwirrt auf sein leicht qualmendes T-Shirt. Der Rest der Meute starrt mit offenen Mündern fassungslos zwischen Aaron und ihm hin und her.

»Noch jemand?«, fragt Aaron. »Das Ding hat genug Energie für eine ganze Herde Ochsen. Herde Ochsen.«

»Helft mir hoch«, brüllt Nummer 18.

Zwei der anderen helfen ihm auf die Beine, die sehr wacklig wirken. Er sieht uns grimmig an, aber in seinen Augen ist jede Menge Angst zu erkennen. Aaron schaltet demonstrativ kurz seinen Elektroschocker an, das Bitzeln ist deutlich zu hören.

»Mir reicht's«, ruft Nummer 18 plötzlich. »Ich habe keine Lust, hier als Grillfleisch zu enden. Ich hau ab.«

Er läuft langsam an uns vorbei, die anderen folgen ihm.

»Hey! Wo wollt ihr denn hin?«, schreit Schranke aus dem Bagger. »Ihr könnt doch euren Käpt'n nicht allein lassen! Das ist Meuterei!«

»Sorry, Käpt'n!«, ruft ihm Nummer 18 zu. »Kannst gerne mitkommen!«

»Niemals!«, antwortet Schranke. »Ich ziehe doch

nicht vor zwei kleinen Schnöseln den Schwanz ein, ihr Luschen!«

»Mach, was du willst!«, brüllt ihm Nummer 18 noch zu. »Wir sehen uns dann morgen im Training! Falls dich die zwei kleinen Schnösel nicht zu Grillkohle verarbeitet haben!«

Die Meute zieht ab und ist schnell außer Sichtweite.

»Hey, Schranke!«, rufe ich zum Bagger hoch. »Willst

du nicht doch lieber auch abhauen? Lass den Blödsinn! Was soll das denn bringen?«

»Was das bringen soll? Dass ihr gleich Dreck fresst! Das soll das bringen!«

Er lässt die Schaufel des Baggers in den Boden krachen und füllt sie mit Erde. Die Schaufel fährt nach oben, der Bagger kommt auf uns zu. Ich trete ein paar Schritte zurück, Aaron bleibt stehen.

»Aaron!«, rufe ich. »Komm zu mir! Das ist zu riskant!«

»Ich habe keine Angst. Keine Angst«, erwidert er.

»Das weiß ich!«, sage ich. »Aber vielleicht ist es ja manchmal ganz gut, Angst zu haben! Zum Beispiel, wenn ein Irrer dir mit einem Bagger eine Tonne Erde auf den Kopf kippen will!«

»Ach, das bringt der doch sowieso nicht. Sowieso nicht.«

Der Bagger rückt näher. Er ruckelt mit der linken Seite über einen Erdhaufen und gerät in eine bedrohliche Schieflage.

»Aaron!«, rufe ich. »Geh da weg!«

Ich sehe, wie Schranke das Lenkrad herumreißt, um den Bagger wieder ins Gleichgewicht zu kriegen, aber er bewirkt damit genau das Gegenteil. Der Bagger fährt jetzt nur noch auf zwei Rädern.

»Mist, verdammter!«, höre ich Schranke fluchen.

Er tritt voll auf die Bremse. Der Bagger hebt hinten ab und kippt langsam nach vorne, die Schaufel direkt über Aaron, der fasziniert nach oben schaut. Einen Moment lang sieht es so aus, als würde der Bagger wieder zurückkippen. Schranke reißt panisch irgendeinen Hebel nach hinten. Die Schaufel ruckelt ein Stück nach unten und verlagert den Schwerpunkt dadurch nach vorne.

»VERDAMMT!«, brüllt Schranke. »DAS WOLLTE ICH NICHT! ACHTUNG! ALLE AUS DEM WEG DA UNTEN!«

Aber Aaron reagiert nicht darauf. Er steht einfach nur da, während die Schaufel direkt auf ihn zusaust.

»AARON!«, brülle ich.

»NEIN!«, schreit jemand hinter mir.

In diesem Moment stoppt der Fall des Baggers. Er bleibt einfach mitten in der Luft stehen, die Schaufel schwebt nur ein paar wenige Zentimeter über Aarons Kopf.

Ich drehe mich um. Hinter mir steht Lilly. Sie hat beide Arme in Richtung des Baggers ausgestreckt und sieht sehr angestrengt aus.

»LOS, MACH SCHON!«, brüllt sie mich an. »HOL IHN DA WEG! ICH WEISS NICHT, WIE LANGE ICH IHN NOCH HALTEN KANN!«

Ich brauche eine Millisekunde, um zu verstehen, was sie von mir will. Dann stürze ich auf Aaron zu und reiße ihn mit einem Hechtsprung zur Seite. In dem Moment, als wir beide auf dem Boden landen, kracht direkt neben uns die Schaufel des Baggers in den Rasen. Der Bagger selbst kippt zur Seite. Schranke purzelt aus dem Glashäuschen und bleibt nicht weit von uns entfernt liegen. Ich werfe einen Blick auf Lilly. Sie sackt völlig kraftlos und schwer atmend auf die Knie.

»Alles … okay … bei euch?«, fragt sie mit dünner Stimme.

»Ja, mir geht's gut«, sagt Aaron. »Ich weiß zwar nicht,

wie, aber du hast mir das Leben gerettet. Das war verdammt cool. Verdammt cool.«

Allerdings, das war es. Dieses »wie« würde mich allerdings auch brennend interessieren. Ich hätte da ja eine Vermutung, die mir aber nicht unbedingt gefällt.

»Das war echt Rettung in allerletzter Sekunde«, sage ich. »Wie hast du das gemacht? Und wieso bist du überhaupt hier?«

»Ich hatte wieder … dieses seltsame Gefühl«, sagt Lilly immer noch schwer atmend. »So wie gestern, aber irgendwie … anders. Ich habe gespürt, dass hier etwas Böses passieren wird. Aber diesmal hatte ich … keine Angst davor. Ich wusste nur, ich muss … so schnell wie möglich hierher.«

»Und wie hast du es geschafft, den Fall des Baggers aufzuhalten?«, hake ich nach.

»Ich … Ich weiß es nicht«, antwortet Lilly. »Das war wie ein … Instinkt. Ich habe es gedacht und automatisch die Hände nach vorne gestreckt und dann ist es passiert. Ich kann es mir selbst nicht erklären.«

Ich aber. Ich kann es erklären. Auch wenn es mir nicht leichtfällt, weil mich die Erklärung alles andere als glücklich macht. Eine Kraft wie diese, die es ermöglicht, einen fallenden Bagger aufzuhalten, ohne ihn zu berühren, ist auf keinen Fall menschlich. Ich kenne nur eine Spezies, die dazu in der Lage ist – und das sind Dämonen. Was bedeutet, Lilly ist ganz eindeutig ein Dämon und somit der von mir gesuchte Spion meines Vaters. Und das heißt, dass sie *mich* die ganze Zeit über angelogen hat. Wir waren nie wirklich befreundet – sie hat nur so getan, um in meiner Nähe zu sein und mich besser ausspionieren zu können. Das tut weh. Das tut sehr, sehr weh.

»Ist schon okay«, sage ich zu ihr. »Du musst dich nicht länger verstellen. Ich weiß, was du bist. Du kannst dich ruhig in deiner normalen Form zeigen.«

»Normale Form?«, fragt Lilly und sieht mich völlig verständnislos an. »Was meinst du?«

Eins muss man ihr lassen: Sie ist eine wirklich gute Schauspielerin. Aber das gehört wahrscheinlich zur Spion-Ausbildung.

»Ach, komm schon«, sage ich. »Du weißt es und ich weiß es auch. Du bist kein Mädchen und heißt mit Sicherheit auch nicht Lilly. Du bist ein Dämon und arbeitest für meinen Vater.«

»Wie bitte, was soll ich sein?«, erwidert sie. »Ein Dämon? Was faselst du denn da für einen Unsinn? Hat dich der Bagger etwa doch am Kopf erwischt?«

»Du musst mir nichts mehr vorspielen«, sage ich. »Es ist vorbei, du bist aufgeflogen. Sag meinem Vater einen schönen Gruß, er muss sich einen neuen Spion suchen.«

»Spion? Was denn für ein Spion? Ich kenne deinen Vater doch überhaupt nicht.«

»Und weißt du, was ich am miesesten an der ganzen Sache finde?«, rufe ich wütend und stehe auf. »Dass du mir die ganze Zeit über ein schlechtes Gewissen gemacht hast! Von wegen ich würde dich anlügen, und ich wäre nicht der, für den ich mich ausgebe und nicht aus Ungarn und der ganze Mist! Dabei wusstest du doch von Anfang an, wer ich wirklich bin!«

»Ach ja?«, erwidert Lilly und steht ebenfalls auf. »Wer

bist du denn wirklich? Wenn ich das sowieso weiß, kannst du es mir ja auch noch mal sagen!«

»Ich bin Luzifer junior!«, schreie ich sie an. »Der Sohn des Teufels! Und ja, das weißt du ganz genau! Denn du kommst aus der Hölle, so wie ich!«

Stille. Lilly starrt mich mit offenem Mund an.

»Ich fasse es nicht«, meint sie nach einer Weile. »Ist das dein Ernst? Das ist deine Erklärung für all die Lügen? Dass du nicht aus Ungarn kommst, sondern aus der Hölle? Weil du der Sohn des Teufels bist? Und ich ein Dämon? Das willst du mir jetzt als Wahrheit verkaufen? Sag mal, für wie bescheuert hältst du mich eigentlich?«

»Ich halte dich überhaupt nicht für bescheuert!«, erwidere ich. »Ich halte dich sogar für sehr gerissen! Aber mit dieser Aktion eben hast du dich verraten! Nur Dämonen haben solche Kräfte!«

»Ich bin aber kein Dämon! Ich bin nur Lilly! Und ich hab dir doch gerade gesagt, dass ich nicht weiß, wie ich das eben gemacht habe!«

»Dämonenkraft! Das war reine Dämonenkraft!«

Lilly greift sich an die Stirn, schüttelt den Kopf und seufzt.

»Das ist mir echt zu blöd jetzt«, sagt sie. »Verarschen kann ich mich auch alleine, Herr Sohn des Teufels. Außerdem habe ich Kopfschmerzen. Lass mich in Zukunft bitte einfach in Ruhe. Wenn ich das nächste Mal dieses ungute Gefühl habe, bleib ich einfach zu Hause. Ich will nichts mehr mit dir zu tun haben.«

Sie dreht sich um und geht langsam in Richtung Schulgebäude.

»Ja, geh ruhig!«, rufe ich ihr hinterher. »Ich will auch nichts mehr mit dir zu tun haben! Und ich *werde* auch nichts mehr mit dir zu tun haben! Weil du morgen nicht mehr hier sein wirst! Mein Vater kann es nämlich überhaupt nicht leiden, wenn jemand seinen Job nicht gut macht! Wundere dich also nicht, wenn du morgen früh als Wurm aufwachst!«

Lilly tippt sich mit dem Finger an die Stirn und läuft wortlos weiter.

»Ihr seid ja wohl alle komplett irre«, meldet sich nun Schranke, der immer noch ein Stück weiter neben Aaron auf dem Boden liegt. »Hoffentlich ist das nicht ansteckend. Ich hau jedenfalls ab.«

»Nicht so schnell«, bremse ich ihn. »Ich hätte da noch ein paar Fragen.«

»Frag, wen du willst, aber ganz sicher nicht m…«

Weiter kommt er nicht. Aaron hat ihm einen ordentlichen Schuss mit dem Elektroschocker verpasst und er sackt bewusstlos auf den Boden.

»Danke, Aaron«, sage ich.

»Sehr gern geschehen«, entgegnet Aaron grinsend.

»Du bist also der Sohn des Teufels und kommst aus der Hölle? Aus der Hölle?«

Oh, stimmt. Daran habe ich überhaupt nicht gedacht. Aaron hat das ja alles mitgekriegt. Wie er wohl damit umgehen wird? Ich nicke. Hoffentlich habe ich nicht gleich noch einen Freund weniger.

»Sehr ungewöhnlich«, schmunzelt Aaron. »Darauf wäre ich nicht gekommen. Ich hatte vermutet, du bist ein Superheld. Aber der Sohn des Teufels ist natürlich auch cool. Und du heißt also Luzifer junior? Luzifer junior?«

»Luzie«, sage ich erleichtert. »Meine Freunde nennen mich Luzie.«

»Alles klar, Luzie«, sagt er lächelnd und streckt mir seine Hand entgegen. »Schön, dich kennenzulernen. Ich bin Aaron. Bin Aaron.«

Ich schüttle seine Hand und lache.

»Aber wir kennen uns doch schon, Aar… AU! AU! AU!«

Mist, daran habe ich gerade überhaupt nicht gedacht – er hat mir ans Schienbein getreten.

»Es tut mir leid«, entschuldigt sich Aaron. »Ich muss das machen, das ist ein Tick. Ein Tick.«

»Ich weiß«, jammere ich und reibe mein schmerzendes Schienbein. »Nicht schlimm. Alles okay.«

»Was hast du denn jetzt mit dem da vor?«, fragt Aaron und zeigt auf den immer noch bewusstlosen Schranke. »Willst du ihn in die Hölle schicken? Hölle schicken?«

»Nein, das könnte ich gar nicht. Ich will nur herausfinden, warum diese Kerle so einen Hass auf St. Fidibus haben. Dafür bräuchten wir aber ein ruhiges Plätzchen, an dem wir ihn vielleicht sogar fesseln können.«

»Da vorne ist der Sport-Geräteschuppen«, sagt Aaron und zeigt auf das andere Ende des Sportplatzes. »Da ist es schön ruhig. Schön ruhig.«

»Okay, gute Idee.«

»Aber wie transportieren wir ihn dahin? Ich schätze, er wiegt ungefähr 120,7 Kilogramm. Oder hast du als Sohn des Teufels zufällig Superkräfte? Superkräfte?«

»Nein«, antworte ich. »Aber ich habe eine Geheimwaffe.«

Ich greife in meiner Tasche nach Cornibus, ziehe ihn heraus und zeige ihn Aaron.

»Eine Maus?«, fragt er verblüfft. »Hat *die* etwa Superkräfte? Superkräfte?«

»Das ist keine Maus«, erkläre ich ihm. »Das ist Cornibus, mein Hausdämon. Cornibus, zeig Aaron, wie du wirklich aussiehst.«

Die Maus schüttelt den Kopf.

»Du willst nicht? Wieso denn nicht?«, frage ich.

»Cornibus mag nicht wandeln, wenn Aaron-Mensch zuguckt«, flüstert er leise.

»Du musst dich vor Aaron doch nicht genieren«, sage ich lachend. »Er ist ein Freund.«

Cornibus verwandelt sich.

»Sehr interessant«, meint Aaron und beäugt Cornibus neugierig. »Darf ich ihn streicheln? Ihn streicheln?«

»Cornibus streicheln immer gut«, erwidert Cornibus nickend. »Und füttern.«

Aaron krault Cornibus am Kopf, er fängt an zu schnurren.

»Cornibus kann sich in jedes Tier der Welt verwandeln«, erkläre ich. »Auch in Tiere, die es gar nicht mehr gibt.«

»Sogar in Dinosaurier?«, fragt Aaron mit großen Augen. »Ich liebe Dinosaurier! Liebe Dinosaurier!«

»Ja, das kann er auch«, sage ich. »Aber ein Dinosaurier wäre jetzt wohl etwas übertrieben. Wir brauchen etwas Kleineres. Cornibus, verwandle dich bitte in einen Esel.«

Ich setze ihn auf dem Boden ab und ein paar Sekunden später steht ein Esel vor uns.

»Cool!«, ruft Aaron. »Cool! Cool! Cool! Cool!«

»Okay, dann lass es uns anpacken«, sage ich.

Wir wuchten Schranke mit großer Mühe auf den Rücken des Esels.

»I-AAAH! I-AAAH!«, brüllt Cornibus und wir trotten zusammen los in Richtung Schuppen.

Batman

»Das müsste halten«, meint Aaron. »Soll ich ihm die Füße auch noch fesseln? Auch noch fesseln?«

»Nein, das reicht«, sage ich. »Jetzt muss er nur noch aufwachen.«

Schranke sitzt vor uns auf einer kleinen Holzpritsche. Aaron hat ihm mit Springseilen die Hände hinter den Rücken gefesselt.

»Darf ich dich etwas fragen? Etwas fragen?«, fragt Aaron.

»Klar, schieß los.«

»Stimmt es, dass man in der Hölle die ganze Zeit im Feuer sitzt und verbrannt wird? Verbrannt wird?«

»Was? Das glaubt man hier oben also?«, frage ich lachend. »Nein, das gibt es nur in Abteilung 6. Da sitzen bei uns die Brandstifter in einem leeren, feuerfesten Raum, und jeder kriegt einen Flammenwerfer. Damit zünden sie sich den ganzen Tag lang

gegenseitig an, bis alle verkohlt sind. Dann geht es wieder von vorne los.«

»In der Hölle gibt es Abteilungen? Interessant. Interessant.«

»Ja, wir werden immer moderner, auch wenn mein Vater sich dagegen wehrt. Er ist leider etwas altmodisch. Aber wir … Oh, er wird wach!«

Schranke hat kurz gegrunzt und mit den Augen geblinzelt. Wir stellen uns beide vor ihn. Er öffnet die Augen komplett und sieht sich verwirrt um.

»Wo bin ich?«, fragt er und zerrt an seinen Fesseln. »Was soll das? Lasst mich sofort frei! Was habt ihr mit mir vor?«

»Das haben wir noch nicht entschieden«, sage ich. »Zuerst hätte ich eine Frage. Später überfahren wir dich dann vielleicht mit einem Bagger.«

»Aber … Aber das war doch keine Absicht, Jungs!«, stammelt Schranke. »Ich habe die Kontrolle verloren! Ich wollte euch nicht überfahren! Ich wollte euch doch nur ein bisschen Angst machen! Das müsst ihr mir glauben!«

»So, so, du wolltest uns also Angst machen«, sage ich.

»Eine sehr gute Idee. Wovor hast *du* denn am meisten Angst?«

»Das werde ich *euch* ganz bestimmt nicht verraten«, erwidert Schranke.

»Na, das wollen wir doch mal sehen«, sage ich und zücke mein Handbuch.

Ich erinnere mich dunkel an einen Spruch, den ich neulich beim Rumstöbern gesehen habe. Irgendwas mit Angst. Wo war er noch gleich? Ah ja, hier ist er:

Das Zupfen der Nutzbaren Angst

Wer die größte Angst seines Gegners kennt, kennt auch seine größte Schwäche und kann sie sich zunutze machen. Objekt gleichzeitig an beiden Ohren zupfen und dabei laut den Spruch aufsagen. Das erworbene Wissen hinterher nach Belieben gegen das Objekt verwenden.

Das klingt doch perfekt, den nehme ich. Ich trete näher an Schranke heran und greife nach seinen Ohrläppchen.

»Was soll das denn werden?«, fragt er belustigt. »Ihr Fidibusse seid echt völlig irre, oder?«

»Ja, das sind wir«, bestätige ich und grinse ihn mit einem irren Blick an. Gleichzeitig zupfe ich an seinen beiden Ohren und sage den Spruch auf.

»Wovor graut es dir im Leben? Sag, was lässt vor Angst dich beben?«

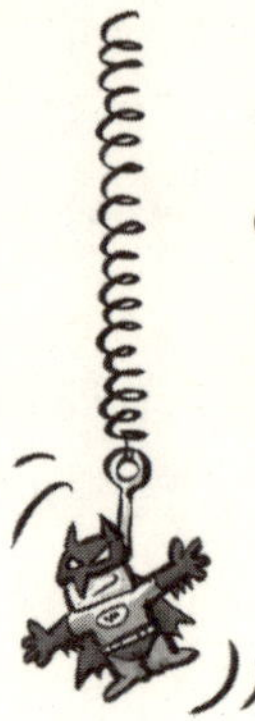

Schrankes Augen werden kurz glasig, dann ändert sich sein Gesichtsausdruck schlagartig. Er sieht jetzt aus wie ein kleiner Junge, der furchtbare Angst hat.

»Fledermäuse!«, quiekt er jammernd. »Ich habe tierisch Schiss vor Fledermäusen! Als ich klein war, war ich mit meinen Eltern bei einem Ausflug in einer Höhle. Da hat sich eine Fledermaus in meinen schönen langen Locken verfangen! Und gebissen hat sie mich auch! Das war ganz schrecklich! Ich habe jetzt noch Albträume deswegen! Und jedes Mal, wenn ich eine Fledermaus sehe, mache ich mir fast in die Hose vor Angst! Ich habe sogar Angst vor Batman!«

Aha. Ich habe zwar keine Ahnung, wer oder was ein Batman ist, aber dass Schranke vor Fledermäusen Angst hat, ist natürlich sehr praktisch.

Cornibus sitzt auf Aarons Schulter und lässt sich von ihm den Bauch kraulen. Ich schaue ihn an.

»Cornibus? Warst du schon mal eine Fledermaus?«

»Cornibus schon ganz oft Fledermaus«, antwortet er. »Spielt mit anderen Fledermausen manchmal Verstecken unten zu Hause.«

»Fledermäusen«, verbessere ich ihn. »Dann zeig uns doch bitte mal, wie du als Fledermaus aussiehst. Am besten in ganz groß.«

Im nächsten Augenblick steht eine mannshohe Fledermaus neben mir. Sie stößt einen schrillen Schrei aus, öffnet ihre Flügel und wirft mich dabei fast um. Schranke schreit vor Panik und zerrt wie verrückt an seinen Fesseln.

»NEIN! MACHT SIE WEG! SIE WIRD MICH FRESSEN! MAMA! HILFE! BITTE, MACHT SIE WEG!«

Er fängt an zu heulen und tut mir fast schon ein bisschen leid. Aber nur fast. Als er gestern feige auf mich eingeprügelt hat, habe ich ihm mit Sicherheit auch nicht leidgetan. »Du willst, dass die süße kleine Fledermaus wieder verschwindet?«, frage ich ihn. »Kein Problem. Du musst dafür nur eine Frage beantworten.«

»ALLES! ICH SAGE EUCH ALLES, WAS IHR WISSEN WOLLT! SCHAFFT MIR NUR DIESES UNGEHEUER VOM HALS!«

»Du meinst diese niedliche kleine Fledermaus hier?«, frage ich noch einmal grinsend. »Die ist doch ganz lieb, die will doch nur spielen. Oder, Cornibus?«

»Cornibus spielen«, sagt Cornibus. »Kopf abreißen und aufessen. Bestes Spiel.«

»NEIN! BITTE NICHT! FRISS MICH NICHT AUF! BUHUHUHUUUUU!«

Schranke ist nur noch ein schluchzendes Häufchen Elend. Irgendwie macht mir das ein kleines bisschen Spaß, ihn so zu quälen. Das habe ich mit Sicherheit von meinem Vater. Ich kann zum ersten Mal nachvollziehen, was ihm an seinem Beruf so gut gefällt. Schranke hat es absolut verdient, ein bisschen gequält zu werden. Deshalb habe ich gerade auch kein schlechtes Gewissen. »Teufel haben nie ein schlechtes Gewissen«, sagt mein Vater immer. Ob ich das wirklich will, weiß ich nicht. Aber jetzt gerade wäre er bestimmt sehr stolz auf mich. Trotzdem reicht es. Schranke hat seine verdiente Strafe gekriegt, das genügt mir.

»Okay«, sage ich. »Verrate mir, wieso ihr diesen ganzen Mist macht? Was habt ihr gegen uns? Wieso hasst ihr St. Fidibus so sehr?«

»Na, weil … weil ihr euch alle für was Besseres haltet«, antwortet Schranke schluchzend. »Ihr seid … Ihr seid eben reiche Schnösel und guckt auf uns herab. Und ihr kriegt immer alles, was ihr wollt. Wir nicht.«

»Moment mal«, sage ich. »Bis gestern wusste ich gar nicht, dass es euch überhaupt gibt. Wie konnte ich da also auf euch herabgucken oder mich für etwas Besseres halten? Und was kriegen wir, das ihr nicht habt?«

»Den neuen Sportplatz! Ihr kriegt einen nagelneuen, schicken Rasenplatz! Und wir dürfen nicht darauf trainieren! Wir müssen uns weiter auf unserem blöden, uralten Hartplatz im Staub wälzen!«

Aha. Da kommen wir der Sache doch schon näher. Ich dachte mir doch die ganze Zeit, dass es irgendeinen konkreten Anlass geben muss.

»Wer sagt denn, dass ihr nicht auf dem neuen Sportplatz trainieren dürft?«, frage ich.

»Euer Chef! Unsere Schule hat ganz offiziell angefragt, und euer Direktor hat gesagt, das geht nicht. Das ist so ungerecht. Wir wollen ja nur zweimal pro Woche da trainieren. Und auch noch abends, wenn bei euch sowieso kein Unterricht mehr ist.«

Ja, das kommt mir auch ungerecht vor. Es spricht doch überhaupt nichts dagegen, dass diese Jungs hier bei uns trainieren. Vor allem, wenn der Platz um diese Zeit sowieso nicht genutzt wird. Kapier ich nicht. Und es gibt noch etwas, das ich nicht kapiere.

»Aber wieso schlagt ihr dann uns und nicht unseren Direktor?«, will ich wissen. »Wir haben damit doch gar nichts zu tun. Das ist genauso ungerecht.«

»Wir können doch schlecht einen Erwachsenen verkloppen, das gibt nur Ärger. Das mit euch war ja auch eher Zufall. Und heute Nacht wollten wir nur den Sportplatz zerstören.«

»Ja, aber was bringt das denn? Dadurch könnt ihr erst recht nicht dort trainieren.«

»Ihr aber auch nicht«, sagt Schranke trotzig. »Das ist dann ausgleichende Gerechtigkeit.«

Nein, ist es nicht. Das ist Schwachsinn. Sich besser zu fühlen, indem man einem anderen etwas kaputtmacht, hat mit Gerechtigkeit nichts zu tun. Das ist einfach nur billig. Aber zumindest weiß ich jetzt, dass diese Typen nur böse zu uns waren, weil sie sich ungerecht behandelt fühlen. Das macht es nicht wirklich besser, aber wenigstens ein bisschen nachvollziehbar. Und schon wäre mein Vater nicht mehr stolz auf mich, denn mein schlechtes Gewissen kriecht gerade meinen Nacken hinauf. Vielleicht hätte ich nicht ganz so fies zu Schranke sein sollen, das tut mir jetzt doch ein bisschen leid.

»Was ist dein Lieblingstier?«, frage ich ihn.

Er sieht mich mit verheulten Augen fragend an.

»Dein Lieblingstier«, wiederhole ich. »Du hast doch bestimmt ein Lieblingstier.«

»Schildkröten«, sagt er schniefend. »Die können nicht fliegen und nicht auf meinen Kopf springen. Und süß sind sie auch.«

»Cornibus?«

Im nächsten Augenblick krabbelt eine kleine, niedliche Schildkröte vor Schranke über den Boden.

»Danke«, sagt er und atmet erleichtert tief durch. »War's das dann? Kann ich gehen? Ich werde auch ganz sicher niemandem etwas darüber verraten, was ich heute Nacht alles gesehen habe. Würde mir ja sowieso niemand glauben. Ihr seid echt absolute Freaks. Keine Beleidigung. Nur eine Feststellung.«

»Kein Problem«, erwidere ich. »Aber auf dein Wort kann ich mich leider nicht verlassen. Das müssen wir anders regeln. Gründlicher.«

»Was?«, ruft er und bricht wieder in Panik aus. »Das ist aber echt nicht nötig! Ich kann schweigen wie ein Grab! Und dafür muss ich nicht in einem liegen!«

»Nein, nein, keine Angst«, sage ich möglichst beruhigend. »Wie kommst du denn auf so was? Ich will dich doch nicht unter die Erde bringen. Ich muss dir nur kurz ins Gesicht furzen.«

Zumindest hoffe ich, dass das genügt. Der Furz des Vergessens hat aber bei Aaron schon einmal funktioniert, also sollte das bei Schranke eigentlich auch klappen. Nur bei Lilly ging es nicht – aber mittlerweile weiß ich ja auch, warum.

»Das geht ganz schnell«, sage ich zu Schranke. »Danach kannst du dich an nichts mehr erinnern. Ich denke, das ist die beste Lösung für alle Beteiligten.«

Ich drehe mich mit dem Rücken zu Schranke und richte meinen Hintern auf sein Gesicht aus.

»Das kommt mir irgendwie bekannt vor«, sagt Aaron. »Hast du das mit mir auch schon mal gemacht? Schon mal gemacht?«

»Ja, sorry«, gebe ich zu. »Das musste sein. Du hattest Cornibus in meinem Zimmer entdeckt. Da war er gerade ein Tiger und hätte dich fast gefressen.«

»Ja, irgendein Teil meines hyperaktiven Gehirns erinnert sich ganz dunkel daran. Dunkel daran.«

»Wenn du auch alles vergessen willst, was du heute erfahren hast, musst du dich neben Schranke setzen«, sage ich. »Vielleicht willst du ja lieber nicht wissen, wer ich wirklich bin. Die Entscheidung liegt bei dir.«

»Nein«, meint Aaron. »Ich bin froh, dass ich jetzt weiß, wer du bist. Wer du bist.«

»Okay, dann halt dir am besten die Nase zu.«

Ich konzentriere mich, halte die Luft an und drücke ab.

»Gase in die Nase!«, rufe ich. »Macht im Hirn ’ne Blase!«

Schranke kriegt wieder glasige Augen und ist einen Moment lang weggetreten. Aaron löst schnell seine Fesseln. Schranke schüttelt sich und steht auf.

»Was …? Wo …? Wie bin ich denn hierhergekommen?«, fragt er.

»Keine Ahnung«, erwidere ich. »Wir haben dich zufällig hier gefunden. Du hast geschlafen.«

»Ach so«, sagt Schranke und gähnt ausgiebig. »Ja, das passiert mir manchmal, dass ich irgendwo einschlafe. Dann gehe ich jetzt am besten mal.«

»Ja, mach das«, pflichte ich ihm bei.

Ich stecke die Cornibus-Schildkröte in meine Tasche und wir verlassen zusammen den Schuppen. Schranke geht und Aaron und ich sehen ihm noch einen Moment hinterher.

»Ich schlage vor, wir gehen auch wieder ins Bett«, sage ich.

»Eine sehr gute Idee«, stimmt mir Aaron zu. »Das war eine aufregende Nacht. Die tollste meines Lebens. Vielen Dank, Luzie. Dank, Luzie.«

Oh, das ist schön, hier oben mal meinen richtigen Namen zu hören.

»Nichts zu danken, Aaron«, sage ich und lege meinen Arm um seine Schulter. »Ich bin mir sicher, du hast noch ganz viele Fragen. Und ich werde sie dir sehr gern alle beantworten. Aber erst morgen, okay?«

Aaron nickt. Sehr gut. Ich bin froh, dass er über mich Bescheid weiß. Und traurig, dass ausgerechnet Lilly der Spion ist. Aber daran will ich heute gar nicht mehr denken. Ich bin müde.

Von: darfkeinerwissen@hoelle.de
An: chef@hoelle.com
Betreff: Streng geheimer Geheimbericht 84

Beunruhigende Dinge passieren hier oben. Junior war zwar schön böse, hat sich aber dabei verraten. Die Kleine und der seltsame Junge wissen jetzt, wer er ist. Und mit der Kleinen stimmt irgendwas nicht, ich vermute Dämonenblut. Soll ich sie liquidieren?

Untertänige Grüße
XXX

Drei Tage

Von: darfkeinerwissen@hoelle.de
An: chef@hoelle.com
Betreff: Streng geheimer Geheimbericht 85

Keine besonderen Vorkommnisse. Aber ich warte noch auf Anweisungen bezüglich der Kleinen. Liquidieren? Zu Ihnen schicken?

Untertänige Grüße
XXX

Von: darfkeinerwissen@hoelle.de
An: chef@hoelle.com
Betreff: Streng geheimer Geheimbericht 86

Chef? Sie haben wohl gerade viel um die Ohren? Ich warte immer noch auf Anweisungen. Wäre hilfreich, wenn Sie sich kurz melden.

Untertänige Grüße
XXX

Von: darfkeinerwissen@hoelle.de
An: chef@hoelle.com
Betreff: Streng geheimer Geheimbericht 87

Hallo, Chef? Alles in Ordnung da unten? Ich warte jetzt schon seit drei Tagen auf Anweisungen. Mache mir langsam Sorgen. Bitte melden Sie sich!

Untertänige Grüße
XXX

An der Backe

»Wie viel Uhr ist es?«, frage ich.

»Halb drei«, antwortet Gustav.

Okay, das bedeutet, in einer halben Stunde geht es los. Der Sportplatz füllt sich schon langsam. Viele Eltern sind gekommen, ein paar Leute aus dem Dorf und von uns Schülern sind auch bereits die meisten da. Torben habe ich gerade losgeschickt, hoffentlich klappt alles so, wie ich es geplant habe.

Ich musste einfach etwas unternehmen, die Sache mit dem Sportplatz hat mir keine Ruhe gelassen. Ich habe Hasenfuß vor drei Tagen gefragt, ob die Dorfkinder nicht auch bei uns trainieren dürfen, aber er hat sich geweigert. Er hat nur irgendwas von wegen Verwaltungsrat gefaselt und dass die Dorfbewohner schließlich selbst dran schuld wären, weil sie zu geizig wären, ihre Kinder in St. Fidibus zur Schule gehen zu lassen. Das sehe ich anders. Es wäre überhaupt kein Problem, sich den Sportplatz mit ihnen zu teilen. Und deswegen habe ich einen Plan entwickelt.

Torben schuldete mir ja noch einen Gefallen, den habe ich nun eingelöst. Er war alles andere als glücklich darüber, aber er hat keinen Rückzieher gemacht, das rechne ich ihm hoch an. Aaron weiß Bescheid und wartet neben der Bühne auf mich. Jetzt muss ich nur noch Gustav sagen, was er zu tun hat.

Wir kommen am Geräteschuppen an und schlüpfen unbeobachtet hinein.

»Willst du mir nicht endlich verraten, was du vorhast?«, quengelt Gustav.

»Ich kann dir leider nur sagen, was deine Aufgabe ist. Je weniger du weißt, desto besser.«

Das stimmt natürlich nicht ganz. Ich verrate ihm nicht den kompletten Plan, weil er noch nicht weiß, wer ich wirklich bin. Da ich einen Dämonenspruch verwenden werde, wäre es jetzt zu kompliziert, ihm alles zu erklären. Und wer weiß, ob er überhaupt noch mitmachen würde, wenn er wüsste, dass ich der Sohn des Teufels bin.

»Na gut«, sagt Gustav seufzend. »Aber hinterher erklärst du mir alles?«

»Ja, versprochen.«

»Also, was muss ich machen?«

»Okay, pass auf«, beginne ich. »In ungefähr fünf Minuten wird Hasenfuß mit mir zusammen reinkommen. Er wird dir sagen, du sollst mich hier festhalten. Und genau das machst du bitte. Egal, was ich dir erzähle, du darfst nicht auf mich hören. Ich werde dir wahrscheinlich die abenteuerlichsten Geschichten erzählen. Dass ich in Wirklichkeit Hasenfuß bin oder so. Darauf darfst du auf keinen Fall hören. Am besten, du knebelst mich sogar, damit ich nicht schreie. Stopf mir eine Socke in den Mund oder so. Die Leute da draußen dürfen nichts davon mitkriegen, okay? Und du darfst mich erst wieder freilassen, wenn Hasenfuß zurückkommt, kapiert?«

»Ja, aber wieso …«

»Nicht fragen, nur machen«, unterbreche ich ihn. »Das ist einer der wichtigsten Punkte meines Plans. Ohne dich kann das alles nicht funktionieren. Du musst mich unter allen Umständen hier festhalten. Hast du das verstanden?«

Gustav nickt.

»Super«, sage ich. »Vielen Dank, dass du das machst.«

»Kein Problem. Du kannst dich auf mich verlassen.«

»Ich weiß. Wenn ich also das nächste Mal hier reinkomme, behandelst du mich wie einen Gefangenen. Bis gleich.«

Ich verlasse den Schuppen und sehe mich um. Wo ist Hasenfuß? Ich muss ihn unbedingt abfangen, bevor er die Bühne betritt. Ah, da ist er ja. Er kommt gerade den Weg von der Schule heruntergelaufen. Und er ist allein, perfekt. Er muss hier vorbei, das sollte klappen.

Als er noch ein paar Meter vom Schuppen entfernt ist, winke ich ihm zu.

»Herr Direktor!«, rufe ich. »Könnten Sie bitte mal kurz herkommen? Es ist wichtig!«

Er sieht mich und verdreht genervt die Augen, läuft aber auf mich zu.

»Herr von Turbsnatas«, sagt er. »Was gibt es denn so Wichtiges? Ich muss mich auf meine Rede vorbereiten. Falls es wieder um die Dorfkinder geht, muss ich Sie enttäuschen. Meine Einstellung dazu hat sich in den letzten Tagen nicht geändert.«

»Nein, darum geht es nicht«, erwidere ich. »Sie hatten vollkommen recht. Wo kommen wir denn hin, wenn wir einfach jedes dahergelaufene Dorfkind auf unserem tollen neuen Sportplatz trainieren lassen? Ich wollte Ihnen nur viel Erfolg für Ihre Rede wünschen. Ich bin mir sicher, sie wird ganz großartig.«

»Oh, das ist aber sehr liebenswürdig, Herr von Turbsnatas«, sagt Hasenfuß. »Vielen Dank.«

Okay, jetzt kommt der schwierige Teil. Der Spruch, den ich gleich anwenden will, heißt leider nicht umsonst Das Kitzeln der vertauschten Seelen. Damit er funktioniert, muss ich Hasenfuß am Bauch kitzeln, und dafür muss ich näher an ihn ran.

»Nichts zu danken, Herr Direktor«, säusle ich. »Sehr gern geschehen. Sie sind mein großes Vorbild, wissen Sie das?«

Ich gehe näher an ihn heran und breite meine Arme aus.

»Dürfte ich Sie bitte ganz kurz umarmen?«, frage ich. »Es wäre mir wirklich eine sehr große Ehre.«

»Ähm … na ja … normalerweise pflege ich keinen so engen Kontakt zu den Schülern«, sagt Hasenfuß leicht verlegen. »Aber in diesem Fall kann ich wohl mal eine Ausnahme machen. Das sollte aber nicht zur Gewohnheit werden.«

»Nein, keine Sorge«, sage ich. »Einmal reicht mir vollkommen.«

Okay, jetzt muss es schnell gehen. Ich umarme ihn und klopfe ihm mit beiden Händen kurz auf den Rücken. Als ich meine Arme zurückziehe, bleibe ich mit den Händen an seinem Bauch und kitzle drauflos. Er zuckt erschreckt zusammen und fängt dann an zu lachen.

»Herr von Turbsnatas!«, ruft er empört. »Was soll denn …«

Keine Zeit, jetzt noch schnell der Spruch. Er ist länger als die bisherigen, hoffentlich habe ich ihn richtig auswendig gelernt.

»In deiner Haut möcht ich gern hausen! Drum lass jetzt deine Seele sausen! Sie darf solang in mir gern wohnen! Ich werd, so gut es geht, sie schonen!«

Ein paar Sekunden lang passiert nichts. Hasenfuß und ich starren uns an. Dann verschwimmt plötzlich alles vor meinen Augen. Es fühlt sich an, als würde ich mich in Millionen kleine Teile auflösen. Langsam wird die Sicht wieder klarer und ich blicke auf … mich. Okay, es hat offenbar geklappt. Das fühlt sich sehr seltsam an. Alles ist irgendwie größer. Und schwerfälliger. Und riecht komisch. An die Perspektive muss ich mich auch erst gewöhnen – ich blicke von oben auf mich herab. Oder besser gesagt, auf meinen Körper. Ich sehe, wie ich mich verwirrt ansehe.

»Was …? Was ist passiert?«, frage ich mich. »Ich … Hilfe! Hilfe!«

Ich halte mir schnell den Mund zu.

»Alles in Ordnung, Herr Direktor«, sage ich und erschrecke kurz vor der ungewohnten Stimme. »Kein Grund zur Panik. In einer halben Stunde ist der Spuk vorbei, und Sie werden sich an nichts erinnern, versprochen.«

Ich nehme mich in den Schwitzkasten, öffne die Tür des Schuppens und schlüpfe schnell hinein.

»Ah, Gus… äh, Herr Wagner!«, sage ich. »Gut, dass Sie da sind. Passen Sie bitte auf diesen Querulanten auf. Er darf meine wichtige Rede nicht stören. Wundern Sie sich nicht, er spinnt heute noch mehr als sonst. Am besten einfach ignorieren. Und auf gar keinen Fall rauslassen. Haben wir uns verstanden?«

»Jawohl, Herr Direktor«, bestätigt Gustav.

»Sie dürfen ihn auch ruhig fesseln«, sage ich. »Aber nicht so fest, das tut sonst weh.«

»Wird gemacht, Herr Direktor«, verspricht Gustav.

Er schnappt sich ein Springseil und fesselt meine Hände hinter dem Rücken.

»Aber … Aber …«, stammelt Hasenfuß und versucht, sich gegen die Fesseln zu wehren. »Ich bin doch gar nicht er! Ich bin *er*!«

»Sehen Sie? Komplett verrückt geworden«, sage ich. »Auf gar keinen Fall aus den Augen lassen.«

»Kein Problem, Herr Direktor«, erwidert Gustav. »Ich passe auf ihn auf. Er wird Sie nicht belästigen.«

»Sehr gut, sehr gut. Dann bis später, Gust… äh, Wagner.«

Schnell raus hier, bevor ich mich noch mehr verplappere. Ich verlasse den Schuppen und atme ein paarmal tief durch. Irgendwas stimmt doch mit diesem Körper nicht, ich kriege viel schlechter Luft als sonst. Und viel unbeweglicher scheint er auch zu sein, eben konnte ich sogar das linke Knie knirschen hören. Aber egal, keine Zeit, ich muss gleich auf die Bühne.

Als ich hinter der Bühne ankomme, sehe ich ein paar Schüler, die noch mit der Technik beschäftigt sind. Aaron sehe ich nicht. Ich werfe einen Blick auf meine Uhr und stelle fest, dass es ja gar nicht meine Uhr ist. Es ist zehn vor drei. Aaron sollte um Viertel vor hier sein.

»Hallo, Bärchen«, spricht mich plötzlich jemand von hinten an.

Ich drehe mich um. Es ist Frau Schneider-Schnutzel. Mist, was will die denn hier?

»Äh … Hallo, Frau Schneider-Schnutzel«, sage ich.

»Jaja, ich weiß, du willst das in der Öffentlichkeit nicht, Bärchen«, säuselt sie. »Aber ich habe aufgepasst, hier kann uns niemand sehen.«

Sie zieht mich ein Stück zur Seite, sieht sich hektisch um und drückt mir einen Kuss auf die Lippen. Iiih-bäh! Spinnt die? Was soll das denn? Unsere Zungen haben sich sogar berührt! Ist ja ekelhaft! Eins steht somit fest: Nie wieder Seelentausch – so etwas will ich definitiv nicht noch mal erleben!

Ich sehe sie angewidert an.

»Ach, jetzt stell dich nicht so an, Bärchen«, meint sie lächelnd. »Das war doch nur ein klitzekleines bisschen Zaziki beim Mittagessen. Ich weiß, du hasst Knoblauch. Bis heute Abend ist es weg, versprochen. Es bleibt doch bei unserer Verabredung? Um neun bei mir?«

»Äh … ja … von mir aus«, stammele ich. »Aber jetzt muss ich …«

»Ja, ich weiß, deine große Rede«, sagt Frau Schneider-Schnutzel. »Ich lass dich jetzt in Ruhe. Du kannst mir ja mal heimlich zuwinken. Ich sitze in der zweiten Reihe.«

»Äh … ja … winken … wird gemacht«, stottere ich weiter.

»Gut, dann lasse ich dich jetzt alleine«, sagt sie und drückt mir noch einen dicken, feuchten Schmatzer auf die Wange. »Bis später, Bärchen! Hab dich lieb!«

»Äh … ja … du mich auch«, presse ich hervor und atme erleichtert auf, als sie endlich verschwunden ist.

Ich schaue erneut auf die Uhr. Es ist drei Uhr. Wo bleibt Aaron denn nur? Ich laufe nervös hin und her. Als ich dabei in die Taschen des Jacketts greife, finde ich einen kleinen Stapel Papierkarten. Es sind offenbar Stichpunkte für Hasenfuß' Rede. Das ist nicht schlecht, die kann ich sicher gut gebrauchen. Ich lese sie mir gerade durch, als Aaron endlich auftaucht.

»Herr Direktor?«, fragt er zaghaft. »Schön, Sie zu sehen. Zu sehen.«

»Alles okay, ich bin's«, sage ich. »Es hat geklappt. Wo

bleibst du denn? Du wolltest doch schon vor zehn Minuten hier sein.«

»Tut mir leid«, entschuldigt sich Aaron. »Ich musste noch schnell das hier fertig bauen. Fertig bauen.«

Er streckt mir ein kleines, rundes Ding entgegen.

»Was ist das?«, frage ich. »Eine Pille gegen Nervosität? Die kann ich gut gebrauchen. Ich darf diese Rede nicht vermasseln. Und ich habe keine Ahnung, wie man eine Rede hält, schon gar nicht als Erwachsener.«

»Genau dafür bin ich ja da«, erklärt Aaron. »Ich helfe dir, wie geplant. Und hiermit wird es noch einfacher. Das ist ein Mini-Empfänger, den steckst du dir ins Ohr, dann kannst du alles hören, was ich sage. Was ich sage.«

»Oh, sehr cool«, freue ich mich und stecke mir das Ding ins Ohr. »Sag mal was.«

Aaron entfernt sich ein paar Schritte und spricht dann in einen Knopf an seinem Ärmel.

»Du hast Lippenstift an der Backe. An der Backe«, höre ich seine Stimme laut und deutlich in meinem Ohr.

Ich lache und strecke ihm einen Daumen entgegen.

»Nein, wirklich«, wiederholt er. »Du hast Lippenstift an der Backe. Ziemlich viel sogar. Viel sogar.«

Oh. Diese blöde Frau Schneider-Schnutzel. Ich rubbele mit dem Ärmel des Jacketts kräftig über meine Wange.

»Herr Direktor?«

Einer der Jungs von der Technik spricht mich von der Bühne herab an. Ich schaue fragend zu ihm hoch.

»Wir wären dann so weit«, sagt er.

»Äh … ja … gut … sehr gut«, stottere ich nervös. »Ich komme sofort.«

Okay, jetzt ist es so weit. Ich kriege einen Schweißausbruch nach dem anderen. Ein letzter Blick zu Aaron, er streckt mir beide Daumen entgegen.

»Du schaffst das«, höre ich ihn in meinem Ohr. »Ich bleibe hier hinten, bin aber immer bei dir. Immer bei dir.«

Das ist gut zu wissen. Ich steige auf die Bühne und gehe langsam an das Stehpult mit dem Mikrofon. Ein Blick nach unten zeigt mir, dass alle Stuhlreihen komplett besetzt sind, hinten stehen sogar ein paar Menschen.

»In der ersten Reihe sitzen die wichtigen Leute«, sagt Aaron in mein Ohr. »Vor allem der Verwaltungsrat. Das sind die, die so gelangweilt gucken. Gelangweilt gucken.«

Erste Reihe wichtig. Alles klar.

»Der Bürgermeister aus dem Dorf sitzt in der zweiten Reihe, von dir aus gesehen ganz links«, fährt Aaron fort. »Der mit dem Hut. Er heißt Falkenstein. Heißt Falkenstein.«

Okay, Falkenstein, ich sehe ihn, den brauche ich später noch. Drei Plätze hinter ihm sitzt Herr Rosenberg. Und … Lilly? Ja, das ist sie, eindeutig. Ich habe sie die letzten drei Tage nicht mehr gesehen und dachte, sie wäre wieder unten bei meinem Vater, um sich ihre Strafe abzuholen. Was will sie denn noch hier? Seltsam.

»Du musst die Leute begrüßen. Leute begrüßen«, sagt Aaron.

Ach so, ja, stimmt, die gucken mich alle ganz erwartungsvoll an. Ich rücke mit dem Mund an das Mikro heran.

»Hey, Leute!«, beginne ich. »Alles klar bei euch?«

»Doch nicht so!«, sagt Aaron. »Du musst so reden wie Hasenfuß. Immer schön geschwollen und höflich. Sehr geehrte Damen und Herren. Damen und Herren.«

Okay, alles klar, deswegen gucken die mich gerade alle so seltsam an. Ein paar haben aber gelacht – ein gutes Zeichen, oder?

»Nur ein kleiner Witz«, werfe ich in die Runde. »Ich bin etwas nervös, Verzeihung. Also: Sehr geehrte Damen und Herren. Herzlich willkommen zur Eröffnung unseres neuen Sportplatzes. Schön, dass Sie alle gekommen sind. Vor allem der Verwaltungsrat und der Herr Bürgermeister Frankenstein.«

»Falkenstein!«, verbessert mich Aaron. »Der Mann heißt Falkenstein! Falkenstein!«

Oh, Mist. Das ist bestimmt passiert, weil es bei uns unten einen Frankenstein gibt. Der sitzt in Abteilung 9 bei den Gewissenlosen Wissenschaftlern. Aber viele Leute im Publikum lachen, also kann es ja nicht so schlimm gewesen sein.

»Ich meine natürlich Falkenstein«, sage ich schnell. »Falkenstein. Nur ein kleiner Witz, Verzeihung. Jedenfalls freue ich mich, dass sie alle hier sind.«

Und jetzt? Was kommt als Nächstes? Ich werfe einen Blick auf die Karten von Hasenfuß. Da stehen Stichworte zur Geschichte von St. Fidibus. Das ist doch stinklangweilig, das will doch keiner hören, das kürze ich ab.

»St. Fidibus wurde vor langer Zeit gegründet«, sage ich. »Und heute gibt es die Schule immer noch. Sonst wären wir ja alle nicht hier.«

Wieder Gelächter. Offenbar mache ich das doch ganz gut.

»Und jetzt haben wir einen neuen Sportplatz«, fahre ich fort. »Der ist echt chic geworden. Und war sehr teuer. Das Geld dafür wurde von zwei Mitgliedern des Verwaltungsrates gespendet, weil sie möchten, dass ihr unsportlicher Sohn in Zukunft weicher fällt. Vielen Dank dafür!«

Wieder Gelächter, aber auch Beifall. Ein Paar in der ersten Reihe funkelt mich böse an – das müssen die Spender sein.

»Aber den beiden großzügigen Herrschaften ging es dabei nicht nur um ihren Sohn«, füge ich schnell hinzu. »Und deshalb habe ich noch eine kleine Überraschung zu verkünden. Dafür warte ich allerdings noch auf unsere Ehrengäste. Sie sollten eigentlich längst hier sein.«

Verdammt, wo bleiben die denn? Da ist doch hoffentlich nichts schiefgelaufen. Ich blicke auf den Weg, der vom Dorf zum Sportplatz führt. Oh, da ist Torben! Er rast auf einem Fahrrad direkt auf uns zu. Und er wird von einer Horde Jungs in grünen T-Shirts verfolgt. Sehr gut, Torben! Du hast es geschafft! Er sollte sie hierherlocken und dabei möglichst nicht verprügelt werden.

»Ah, dahinten kommen sie!«, rufe ich extra laut. »Bitte begrüßen sie alle gemeinsam unsere Ehrengäste: die Rugby-Mannschaft der Dorfschule!«

Die Rugby-Typen kommen gerade am Sportplatz an, als ihnen tosender Beifall entgegenschlägt. Sie bleiben verdutzt stehen, während Torben völlig außer Puste neben der Bühne vom Rad steigt und mir einen Daumen entgegenstreckt.

»Kommt zu mir auf die Bühne!«, rufe ich Schranke und den anderen zu. »Ich habe eine Überraschung für euch!«

Die Jungs sehen sich verwirrt und skeptisch an, betreten dann aber zögernd nacheinander die Bühne. Ich winke Schranke zu mir ans Mikrofon.

»Egal, um was es geht, wir waren's nicht«, sagt er. »Und falls doch, müssen Sie es erst mal beweisen.«

»Nein, keine Sorge, deshalb seid ihr nicht hier«, entgegne ich lachend. »Es ist vielmehr so, dass mir drei unserer Schüler berichtet haben, dass die Rugby-Mannschaft der Dorfschule keinen ordentlichen Sportplatz zum Trainieren hat. Als ich unseren großzügigen Spendern davon berichtete, hatten sie sofort die Idee, unseren schönen neuen Sportplatz dafür zur Verfügung zu stellen. Und zwar nicht nur für die Rugby-Mannschaft, sondern für alle Sportvereine aus dem Dorf!«

Tosender Beifall brandet aus den Reihen der Dorfbewohner auf. Die Rugby-Jungs jubeln laut los und klatschen sich gegenseitig ab. Vorne in der ersten Reihe entsteht ein wildes Getuschel zwischen den Verwaltungsrat-Mitgliedern. Besonders das Spender-Paar funkelt mich dabei böse an.

»Vielleicht möchten unsere großzügigen Spender Ihnen jetzt noch persönlich erläutern, was die Beweggründe für diese tolle Idee waren?«, wende ich mich an

die beiden. »Einen Riesen-Applaus für die zwei! Und vielleicht kommt der Herr Bürgermeister als Vertreter der Dorfgemeinschaft gleich mit dazu?«

Die beiden erheben sich widerwillig und werfen mir noch einen bösen Blick zu, dann setzen sie ein breites Lächeln auf und treten ans Mikrofon.

»Perfekt, das war's, du hast es geschafft!«, höre ich Aaron in meinem Ohr. »Jetzt können sie keinen Rückzieher mehr machen. Das wäre zu peinlich vor all den Leuten. Vor all den Leuten.«

Ja, es hat genauso geklappt, wie wir es geplant hatten. Sehr cool. Ich drücke noch kurz dem Bürgermeister die Hand und verlasse still und heimlich die Bühne, während die großzügigen Spender irgendetwas von sozialem Gewissen und Verantwortung für die Gemeinschaft erzählen.

Aaron kommt mir breit grinsend entgegen.

»Verdammt gute Show«, sagt er. »Mit ein bisschen Feinschliff könntest du glatt immer als Hasenfuß durchgehen. Hasenfuß durchgehen.«

»Bloß nicht!«, wehre ich schnell ab. »Ich will so schnell wie möglich in meinen Körper zurück. Der hier passt mir irgendwie nicht richtig.«

Wir gehen zusammen zum Schuppen. Als wir ihn betreten, sehe ich mich, wie ich mich auf meinem Hintern auf dem Boden wild im Kreis drehe und seltsame Verrenkungen mache. Gustav steht daneben und schüttelt fassungslos den Kopf.

»Was ist denn hier los?«, frage ich.

Gustav zuckt mit den Schultern.

»Keine Ahnung«, sagt er. »Er ist vollkommen durchgeknallt und faselt nur seltsames Zeug.«

»Das ist herrlich!«, jubelt Hasenfuß, während er weiter Pirouetten dreht. »Das konnte ich seit bestimmt vierzig Jahren nicht mehr machen! Ich war in meiner Jugend einmal deutscher Vizemeister im Breakdance!«

»Äh … ja … damit ist jetzt aber Schluss«, unterbreche ich seinen Glückstaumel. »Wir wollen schließlich nicht, dass Sie mir, äh, sich irgendetwas brechen bei diesen komischen Verrenkungen. Gust… äh, Wagner, warten Sie bitte draußen. Vielen Dank für Ihre Hilfe. Das war sehr, sehr wichtig.«

»Nichts zu danken, sehr gern geschehen«, erwidert Gustav und verlässt den Schuppen.

»So, Herr Direktor«, sage ich und helfe ihm auf die Beine. »Ich hätte gern meinen Körper zurück. Und Sie Ihren sicher auch.«

»Och, muss das sein?«, fragt Hasenfuß enttäuscht. »Ihrer ist viel agiler und kraftvoller. Von mir aus können wir gern bei diesem Arrangement bleiben. Wie haben Sie das überhaupt gemacht?«

»Ich könnte es Ihnen verraten, aber in ein paar Minuten haben Sie sowieso alles vergessen, was in der letzten Stunde passiert ist«, antworte ich, kitzle ihn am Bauch und sage den Spruch auf. Kurz darauf ist wieder alles beim Alten und ich atme erleichtert tief durch.

»Schade«, seufzt Hasenfuß. »Es war ein schönes Gefühl, wieder jung zu sein.«

»Sie werden es nicht vermissen, weil Sie sich nicht daran erinnern werden«, verspreche ich ihm. »Bitte setzen Sie sich kurz auf die Bank.«

Hasenfuß setzt sich, ich drehe ihm den Rücken zu und gebe Aaron ein Zeichen – er hält sich die Nase zu.

»Gase in die Nase!«, rufe ich. »Macht im Hirn 'ne Blase!«

Keine Minute später steht ein sehr verwirrter Hasenfuß vor uns.

»Was …? Wer …? Wie bin ich denn bloß hierhergekommen?«, fragt er.

»Das wissen wir auch nicht«, sage ich. »Sie waren nach Ihrer

Rede plötzlich verschwunden. Wir haben überall nach Ihnen gesucht und Sie hier gefunden.«

»Ich … Ich habe meine Rede gehalten?«, wundert er sich. »Seltsam, ich kann mich gar nicht daran erinnern. War ich gut?«

»Sie waren großartig, Herr Direktor«, antwortet Aaron. »Es war eine unvergessliche Rede, die vielen im Gedächtnis bleiben wird. Bleiben wird.«

»Sehr gut, sehr gut«, sagt Hasenfuß. »Dann gehe ich mal lieber schnell wieder zurück zu unseren Gästen.«

»Machen Sie das, Herr Direktor«, stimme ich ihm zu. »Sie werden sicher schon ganz ungeduldig erwartet.«

Wir gehen mit ihm zusammen nach draußen, und er läuft weiter in Richtung Bühne, wo bereits einige Mitglieder des Verwaltungsrates auf ihn warten.

»Da wird er jetzt einiges erklären müssen, was er nicht erklären kann«, sage ich grinsend.

»Du aber auch«, ertönt plötzlich Gustavs Stimme. »Zum Beispiel, wie es sein kann, dass du vor vierzig Jahren deutscher Vizemeister im Breakdance warst.«

Aaron und ich lachen.

»Wir erklären dir alles«, verspreche ich. »Aber jetzt nicht. Jetzt feiern wir erst mal unseren Sieg. Ich gebe eine Runde Schokolade aus!«

»Sieg?«, fragt Gustav. »Was denn für ein Sieg? Was genau sollte das eigentlich alles?«

»Später, Gustav«, sage ich. »Später.«

Wir laufen gemeinsam zurück zum Schulgebäude. Als wir am Tor um die Ecke biegen, stehen plötzlich Schranke und die komplette Rugby-Mannschaft vor uns.

»Ah, da sind sie ja«, knurrt Schranke und lässt seine Faust laut in die Hand klatschen. »Genau auf euch haben wir gewartet.«

Oh, Mist. Damit habe ich jetzt absolut nicht gerechnet. Ich dachte, die wären wir los.

Sie rücken geschlossen näher.

»Hey, Jungs«, sage ich. »Ihr werdet doch wohl nicht …«

»Auf sie, Männer!«, brüllt Schranke.

Die Meute stürzt sich auf uns, wir haben keine Chance zu flüchten. Für einen Dämonenspruch ist auch keine Zeit. Das war's, sie werden uns in kleine Stücke reißen und in den Boden stampfen. Schranke steuert zielstrebig auf mich zu. Er packt mich an den Armen, ein anderer schnappt meine Füße. Mit Aaron und Gustav geschieht dasselbe.

»Bei drei!«, brüllt Schranke. »Eins! Zwei! Drei!«

Ich werde hoch in die Luft geschleudert. Und wieder aufgefangen. Und wieder hochgeworfen. Und wieder aufgefangen.

»Ein dreifaches Hipphipphurra für unsere Lieblings-Schnösel!«, ruft Schranke laut.

»HIPP, HIPP, HURRA!«, brüllen alle zusammen. »HIPP, HIPP, HURRA! HIPP, HIPP, HURRA!«

Okay, jetzt verstehe ich es. Sie wollen uns nicht verkloppen – sie feiern uns! Aaron und Gustav lachen und juchzen laut – ich auch. Wir werden noch unzählige Male in die Luft geworfen und wieder aufgefangen. Irgendwann setzen sie uns dann aber doch wieder am Boden ab.

»Wir wollten uns bei euch bedanken«, erklärt Schranke. »Keine Ahnung, wie ihr das hingekriegt habt, aber das war echt ein sehr feiner Zug von euch mit dem Sportplatz. Jetzt können wir endlich ordentlich trainieren. Und wenn wir dieses Jahr die Meisterschaft gewinnen, seid ihr jetzt schon zur großen Party eingeladen!«

»Nichts zu danken«, sage ich. »Das haben wir wirklich gern gemacht.«

Schranke streckt mir seine Hand entgegen.

»Sorry, dass wir so fies zu euch waren«, entschuldigt er sich. »Ihr seid echt in Ordnung. Für Fidibusse, meine ich natürlich.«

»Schon okay«, erwidere ich und schüttele seine Hand. »Das mit dem Bösesein ist nicht so einfach, habe ich festgestellt. Manchmal sucht man sich die Falschen dafür aus.«

»Macht's gut«, verabschiedet sich Schranke und greift nach Aarons Hand. »Auf Wiedersehen!«

Aaron holt aus und boxt ihm in den Bauch.

»Verzeihung!«, sagt Aaron schnell. »Ich muss das machen, das ist ein Tick. Ein Tick.«

Schranke guckt ganz kurz grimmig, dann fängt er an zu lachen. Und wir lachen alle mit ihm. So gefällt mir das. Das ist doch viel besser, als immer nur böse zu sein.

Du bist es!

Hach, ist das schön. Es ist Sonntag. Eine der besten Erfindungen überhaupt hier oben. Man muss nicht aufstehen und in den Unterricht und kann den ganzen Tag lang machen, was man will. Das müsste es bei uns unten auch geben. Wobei, in der Hölle muss ich nie aufstehen und schon gar nicht in den Unterricht, da ist eigentlich immer Sonntag. Aber hier oben fühlt es sich irgendwie anders an, weil man es zu schätzen weiß, nichts machen zu müssen. Frühstück ist sonntags auch später, da komme ich gerade her. Jetzt liege ich auf meinem Bett, meine Cornibus-Lieblingskatze liegt schnurrend auf meinem Bauch, und wir mampfen beide Schokolade.

»Sollen wir später ein bisschen im Wald spazieren gehen?«, frage ich. »Es ist warm draußen und die Bäume werden langsam so schön bunt.«

»Wald schmatzieren gut«, sagt Cornibus.

»Spazieren«, verbessere ich ihn. »Gut, dann machen

wir das. Aber erst will ich dich noch ein bisschen kraulen.«

Ich fange an, ihn hinter den Ohren zu kraulen, als jemand an der Tür klopft.

»Wer ist da?«, rufe ich.

»Ich bin's, Gustav. Kann ich reinkommen?«

»Cornibus, versteck dich«, flüstere ich Cornibus zu.

Cornibus verwandelt sich grummelnd in eine Maus und krabbelt unters Bett.

»Klar, komm rein!«, antworte ich, und Gustav betritt das Zimmer.

»Hallo, Vitus«, sagt er. »Ich wollte … Du hast doch gestern gesagt, dass du mir noch alles erzählen willst. Vielleicht hast du ja jetzt Zeit dafür?«

Stimmt, das wollte ich machen. Aber was sage ich ihm? Die Wahrheit? Aaron weiß Bescheid und er hat es ziemlich locker aufgenommen. Aber ob das bei Gustav auch so sein wird? Eigentlich muss ich ihm alles erzählen. Er ist mein Freund, und ich habe keine Lust, ihn weiter anzulügen.

»Okay«, sage ich. »Am besten, du setzt dich.«

Er nimmt auf meinem Bett Platz.

»Gut, pass auf«, beginne ich. »Das ist nicht so einfach und du wirst mir vielleicht nicht glauben. Zuallererst mal: Mein Name ist nicht Vitus. Ich heiße Luzifer junior und ich bin der Sohn des …«

Ein erneutes Klopfen an der Tür unterbricht mich.

»Wer ist da?«, rufe ich.

»Aaron! Aaron!«

Aaron? Das ist vielleicht gar nicht so schlecht, wenn er dabei ist, wenn ich Gustav alles erzähle. Vielleicht glaubt er es dann eher.

»Komm rein!«

Die Tür öffnet sich, Aaron macht einen Schritt ins Zimmer und bleibt stehen.

»Ich habe noch jemanden mitgebracht«, sagt er. »Ich finde, ihr solltet mal miteinander reden. Miteinander reden.«

Er zieht Lilly hinter sich ins Zimmer. Sie sieht nicht unbedingt glücklich aus.

»Das war seine Idee«, brummt sie. »Ich wollte eigentlich gar nicht.«

Oha. Lilly. Oder besser gesagt: der Spion. Mein Herz schlägt plötzlich bis an den Hals. Einerseits will ich sie nicht sehen und andererseits hat sie mir doch sehr gefehlt.

»Ich rede nicht mit Spionen«, sage ich abweisend.

»Und ich nicht mit Lügnern«, erwidert sie.

»Ich glaube nicht, dass Lilly der Spion ist«, meint Aaron. »Und Luzie hat dich nur angelogen, weil niemand wissen darf, dass er der Sohn des Teufels ist. Was ich ihm glaube. Ich habe gesehen, welche dämonischen

Kräfte er hat. Und seinen kleinen Hausdämon habe ich auch gesehen. Er heißt Cornibus. Cornibus.«

Wie auf Kommando kommt Cornibus unter dem Bett hervor und springt in Aarons Arme.

»Ahorn lieb«, sagt er. »Cornibus immer streicheln.«

»Aaron«, verbessere ich ihn.

Lilly und Gustav starren mit großen Augen zuerst auf Cornibus, dann zu mir.

»Du bist der Sohn des … Teufels?«, fragt Gustav.

Ich nicke.

»Blödsinn, ist er nicht«, widerspricht Lilly. »Den Teufel, Dämonen, die Hölle, das gibt's doch alles gar nicht.«

»Das sagt ja die Richtige«, erwidere ich. »Wenn hier

jemand ganz eindeutig Dämonenkräfte hat, dann bist *du* das ja wohl. Oder wie erklärst du dir das mit dem Bagger sonst?«

»Bagger?«, fragt Gustav erstaunt. »Was denn für ein Bagger?«

»Ich weiß nicht, was da passiert ist«, sagt Lilly. »Ich weiß nur, dass ich ganz bestimmt kein Dämon bin. Weil es keine Dämonen …«

Die Tür fliegt auf und kracht donnernd gegen die Wand. Schwester Miriam stürzt ins Zimmer, ein Blatt Papier in der Hand. Nanu, was macht die denn hier? Ich habe sie noch nie hier oben gesehen. Und verletzt ist auch niemand.

»Luzifer, wir müssen sofort runter!«, ruft sie aufgeregt. »Irgendwas stimmt da nicht! Ich habe ein ganz schlechtes Gefühl!«

Moment mal. Hat sie mich eben tatsächlich Luzifer genannt? Und gesagt, wir müssen *runter*? Ich bin verwirrt. Wenn Schwester Miriam meinen echten Namen kennt, kann das eigentlich nur bedeuten …

»Du bist es!«, platzt es aus mir heraus. »Du bist der Spion!«

»Jaja, ich bin der Spion«, bestätigt sie. »Aber das ist jetzt nicht wichtig. Wichtig ist nur …«

»Aber wieso wolltest du dann die Kakerlakenflügel nicht?«, frage ich.

»Ich hasse dieses Zeug. Vor allem, wenn sie dein Vater zubereitet hat. Davon kriege ich hier oben immer Sodbrennen. Aber das ist jetzt wirklich nicht …«

»Zeig dich«, unterbreche ich sie. »Zeig dich in deiner Dämonenform. Bitte. Sofort.«

»Was denn, hier?«, fragt sie skeptisch. »Vor all diesen … Menschen?«

»Sie wissen alle Bescheid«, antworte ich. »Aber Lilly glaubt mir nicht. Wenn sie dich sieht, wird sich das ganz bestimmt ändern.«

»Ausgerechnet die Kleine glaubt dir nicht? Sie ist doch selbst ein Dämon. Zumindest fließt Dämonenblut in ihr, das rieche ich bis hierher. Aber erst seit Kurzem. Vor den Ferien war das noch nicht so. Irgendetwas muss das Dämonenblut aktiviert haben.«

»Ich habe *was* in mir?«, fragt Lilly ungläubig. »Ihr spinnt ja wohl alle total!«

Schwester Miriam lächelt kurz, dann verwandelt sie sich in ihre ursprüngliche Form. Vor uns steht plötzlich ein riesiger Klotz von einem Dämon.

Lilly und Gustav rücken erschreckt ein Stück von ihm weg, Aaron betrachtet ihn fasziniert.

»Du bist also wirklich nicht der Spion«, sage ich leise zu Lilly. »Es tut mir leid, dass ich dich verdächtigt habe.«

»Schon … Schon gut«, erwidert Lilly fassungslos. »Mir tut es leid, dass ich dir nicht geglaubt habe. Aber damit konnte ich nun wirklich nicht rechnen.«

Ich wende mich an den Dämon.

»Aber wie hast du es geschafft, mich so gut auszuspionieren?«, will ich wissen. »Du warst doch bei all den Sachen, die wir erlebt haben, nie dabei.«

»Dein Vater hat mich nicht umsonst ausgewählt. Ich bin seit über vierhundert Jahren als Spion für ihn unterwegs und habe so meine Tricks.«

Er greift an eines seiner unzähligen winzigen Ohren und zupft es von seinem Hals ab. Sofort wächst an der Stelle ein neues nach. Er streckt mir das Ohr entgegen.

»Damit kann ich alles hören, egal, wo ich bin«, sagt er. »Die habe ich in der ganzen Schule unauffällig postiert und so immer alles mitgekriegt. An deiner Jacke hinten klebt auch eins, so wusste ich auch, was außerhalb der Schule passiert. Aber das ist jetzt wirklich nicht wichtig, Luzifer. Ich habe, seit du wieder hier bist, keine einzige Reaktion auf meine Berichte von deinem Vater erhalten. Bis heute, da kam dies hier.«

Er drückt mir den Zettel in die Hand, es ist eine ausgedruckte E-Mail.

Von: admin@hoelle.com
An: darfkeinerwissen@hoelle.de
Betreff: Re: Streng geheimer Geheimbericht 87

Der von Ihnen gewünschte Adressat existiert nicht mehr. Bitte wenden Sie sich persönlich an die neue Geschäftsführung. Sprechstunde: jeden 29. Februar (ausgenommen Schaltjahre) von 8:00–8:01 Uhr (Wartezeiten möglich).

»Was …? Was soll das heißen: neue Geschäftsführung?«, frage ich verwirrt. »Existiert nicht mehr? Ich … Du glaubst doch nicht, dass mein Vater …«

»Nein, keine Sorge, dein Vater ist unverwüstlich«, sagt der Dämon. »Aber was da steht, kann nichts Gutes bedeuten. Deshalb müssen wir sofort runter.«

»Was ist denn los?«, fragt Lilly besorgt.

»Mein Vater«, antworte ich. »Er ist offenbar nicht mehr der Chef in der Hölle. Da stimmt irgendwas nicht. Ich … Ich muss runter und nachsehen, was los ist.«

»Ich komme mit«, sagt Lilly. »Wenn es wirklich stimmt und ich Dämonenblut in mir habe, will ich wissen, woher es kommt. Vielleicht weiß ja dein Vater etwas darüber.«

»Du willst mit in die Hölle?«, frage ich ungläubig. »Das ist aber gefährlich da unten. Vor allem, weil wir nicht wissen, was uns erwartet.«

»Das ist mir egal«, erwidert Lilly. »Ich habe ja offenbar Dämonenkräfte, was soll mir schon passieren? Außerdem werde ich meinen besten Freund ganz sicher nicht im Stich lassen, wenn er in die Hölle geht. Selbst wenn er dort wohnt und aufgewachsen ist.«

Oh, wir sind also wieder ganz offiziell Freunde? Das fühlt sich sehr gut und richtig und schön an.

»Ich komme auch mit«, sagt Aaron. »Ich war noch nie in der Hölle, das wird bestimmt spannend. Darf man da unten Fotos machen? Fotos machen?«

Lilly und Aaron gucken Gustav erwartungsvoll an.

»Äh … Augenblick mal«, meint er. »Das ist alles noch sehr neu für mich. Ihr wollt also in die Hölle? Weil Vitus eigentlich Luzie heißt und der Sohn des Teufels ist, der nicht auf eine E-Mail geantwortet hat?«

»So ungefähr, ja«, sagt Lilly. »Bist du dabei?«

»Na ja … Ich weiß nicht«, zögert Gustav. »Das hört sich irgendwie so an, als könnte man nicht lebend davon zurückkommen. Und ich bin kein Dämon und im Allgemeinen auch ein eher ängstlicher Typ. Ich habe mir ja schon fast in die Hose gemacht, als sich Schwester Miriam in dieses … Vieh verwandelt hat. Nicht böse gemeint!«

»Kein Problem«, seufzt der Dämon. »Das ist mir hier oben schon oft gesagt worden. Dabei war ich zu Hause früher mal Mister Dämon Hölle-Ost.«

»Also, was ist?«, fragt Lilly Gustav erneut. »Kommst du mit? Wir passen auch auf dich auf.«

»Du musst nicht«, sage ich. »Ich kann absolut verstehen, wenn dir das zu gefährlich ist.«

»Nein, schon okay«, meint Gustav. »Ich komme mit. Ihr braucht schließlich jemanden, der panisch davonrennt und Hilfe holt, wenn es brenzlig wird. Ihr müsst mir nur vorher den Weg zeigen.«

Ich spüre, wie ein dicker Kloß meinen Hals hinaufsteigt und meine Augen feucht werden. Alle drei wollen mit in die Hölle, um mir zu helfen, obwohl sie nicht wissen, was sie dort erwartet. Das ist ein unvergleichlich tolles Gefühl.

»Ihr seid … Ihr seid echt die besten Freunde, die man sich wünschen kann«, sage ich.

»Cornibus auch?«, fragt Cornibus.

»Ja, Cornibus auch«, antworte ich und muss lachen.

»Dann ist ja alles klar«, verkündet Lilly. »Ab in die Hölle!«

Jochen Till, geboren 1966 in Frankfurt/M., sitzt seit nunmehr zwanzig Jahren in der Hölle in Abteilung 66 (Schriftsteller und andere Lügenerfinder), von Luzifer höchstpersönlich dazu verdonnert, Kinder- und Jugendbücher zu schreiben. Was der Teufel allerdings nicht weiß: Er fühlt sich pudelwohl dort unten und hat höllischen Spaß dabei.

Raimund Frey, Jahrgang 1982, geboren in Isny im Allgäu, hat schon seit frühester Kindheit mit großer Begeisterung den Malstift geschwungen. In Mainz studierte er bis 2008 Kommunikationsdesign an der FH für Gestaltung. Heute arbeitet er als Freelancer in den Bereichen Buchillustration, Werbeillustration, Storyboard- und Konzeptzeichnung, Comic und Fantasy.

54
71
6